Ava Minatti

Die Kinder des Drachen

oder

Die Wiedererweckung
der Weiblichkeit

Bitte fordern Sie unser kostenloses Verlagsverzeichnis an:

Smaragd Verlag

In der Steubach 1

57614 Woldert (Ww.)

Tel.: 02684.978808

Fax: 02684.978805

E-Mail: info@smaragd-verlag.de

www.smaragd-verlag.de

Oder besuchen Sie uns im Internet unter der obigen Adresse.

© Smaragd Verlag, 57614 Woldert (Ww.)

Deutsche Erstausgabe Januar 2004

Cover: PreData

Umschlaggestaltung: PreData

Satz: G. Heuchemer, Smaragd Verlag

Printed in Czech Republic

ISBN 3-934254-67-5

Ava Minatti

Die Kinder des Drachen

oder

Die Wiedererweckung
der Weiblichkeit

Smaragd Verlag

Über die Autorin

Als Ava Minatti als Kind den Namen „Atlantis" hörte und erfuhr, dass dieses eine versunkene Stadt im Meer sein sollte, war sie entschlossen, diese zu entdecken. Damals begann ihre Suche nach der Quelle allen Seins, der sie im Laufe der Zeit ein gutes Stück nähergekommen ist.

Nach Ausbildungen in Reiki, Aura Soma undYoga sieht sie heute ihre Hauptaufgabe darin, als Botschafterin der geistigen Welt zu dienen. Unter der Führung von Erzengel Gabriel stellt sie sich der Weißen sowie der Solaren Bruderschaft, den Engelwelten und dem Kleinen Volk zur Verfügung, damit diese durch sie sprechen und ihre Energien übermitteln können.

Gemeinsam mit ihrem Mann Antan leitet sie den Lichtgarten, ein spirituelles Zentrum in Innsbruck, wo sie in Seminaren und Einzelsitzungen anderen Menschen die Möglichkeit bietet, ihrerseits mit der geistigen Welt in Kontakt zu treten.

Sie ist Mutter von zwei Kindern der Neuen Zeit – Rowena, 5 Jahre, und Jona, 4 Jahre.

Widmung

Und die gefiederte Schlange erschien,
und sie brachte Erkenntnis.
Dimensionen verschoben sich,
und die Erinnerung stieg erneut auf
und wurde zur ewigen Gegenwart.

Für alle Drachenwesen in diesem Universum und jene,die
mit ihnen in Liebe verbunden sind.

Vor allen Dingen jedoch ist dieses Buch für die Menschen
geschrieben, die auf dem Weg sind, wieder ein Drache zu
werden und zu sein.

Danksagung

Ich danke Werner für seine Art, mich zu lieben und mich zu begleiten.
Ich danke Antan für die Möglichkeit, mich Freiheit zu lehren.
Ich danke Rowena und Jona für ihr Sein.
Ich danke Shakti und Elia für die Erweiterung, die sie mir schenk(t)en.
Ich danke den lieben Menschen an meiner Seite, die mir sehr nahe sind: Elisabeth R., Anneried, Christina, Elisabeth G., Sanda, Suomi, Antaris, Michael und Helmut, Frank, Peter, Irmgard, Ingrid, Angelika und Michael und den vielen anderen Geschwistern.
Ich danke den Drachenwesen und den feinstofflichen Begleitern aus allen Ebenen und Dimensionen.
Und ich danke wieder einmal Mara Ordemann und ihrem Smaragd Dream-Team für die einfache und unkomplizierte Zusammenarbeit bei der Veröffentlichung dieses Buches.

Inhalt

Vorwort

Während der Entstehung dieses Buches kreiste in meinem Kopf immer wieder der Ausdruck „Wiedererweckung der Weiblichkeit". Aber je mehr ich schrieb, um so klarer wurde mir, dass dieses Thema – obwohl es im Titel steht – in den folgenden Kapiteln kaum vorkam, zumindest nicht auf den ersten Blick. Und damit war ich unzufrieden.

Dann reiste ich nach Ägypten und hatte eine Vision, die mir eine sehr befriedigende Erklärung gab. So entschied ich mich, die folgenden Zeilen als Vorwort voranzustellen.

Mir war bewusst geworden, dass wir weibliche Energie immer noch viel zu sehr auf Frauen und ihre Zyklen und Rhythmen beschränken. Und wenn du, liebe Leserin und lieber Leser, nun erwartest, dass es in diesem Buch vorwiegend um dieses Thema geht, muss ich dich leider enttäuschen. Ich erzähle manchmal etwas über den weiblichen Körper und matriarchale Wurzeln nur deshalb, weil es mir vertraut ist und ich Beispiele dazu geben kann. Auch die Drachenenergien und die anderen Wesen, die dir auf den nächsten Seiten begegnen werden, haben ihren Ursprung immer wieder in den alten Kulturen der Verehrung der Großen Göttin.

Ich möchte mit diesem Buch ein neues Verständnis von Weiblichkeit schaffen, jenseits der Trennung zwischen Frau und Mann, denn für die Große Mutter, die uns alle geboren hat, sind wir alle ihre Kinder.

Die Wiedererweckung der Weiblichkeit heißt für mich, die schöpfende Kraft, die gebärende Kraft in uns, in jedem einzelnen Menschen und in allem, was uns umgibt, zu erkennen. Das ist unabhängig von Geschlecht, von Hautfarbe, von Religion. So entwickelte sich dieses Buch während des Schreibens immer mehr zu einem Aufruf, unsere Mitschöpferkraft zu leben, um dadurch die Kommunikationsmöglichkeiten mit mir, mit uns selbst und anderen – sei es in grobstofflichen, sei es in feinstofflichen Welten –, zu erweitern.

Einleitung

Da ich immer wieder erstaunt bin, wie wenig Menschen über Drachen wissen bzw. mit wie viel Vorurteilen diese Wesen belegt sind, war es mir wichtig, andere Aspekte und Sichtweisen von Drachenwesen und –energien aufzuzeigen. Für mich sind Drachen eng mit den Sternenkräften und den Erdenergien verbunden, und indem wir Drachenqualitäten mit in unser Leben integrieren, können wir uns, – jeder! von uns –, als Sternenkinder und als Kinder der Erde erfahren. Darüber hinaus haben die Drachenwesen unseres Universums mit der Kraft der Großen Göttin und der Heilung unserer inneren Weiblichkeit zu tun. Die Aussöhnung und die Einheit mit unserer inneren Weiblichkeit führt uns in die Fähigkeit, zu lieben, - uns selbst, andere Menschen, Tiere, Pflanzen und feinstoffliche Begleiter. Zu lieben, Liebe zu erfahren, Liebe zu sein – all das ist der tiefe Wunsch und auch die treibende Kraft nach Evolution in jedem Menschen auf dieser Erde, egal ob er einen weiblichen oder einen männlichen Körper bewohnt.

Mit diesem Buch schließt sich für mich persönlich ein Kreis meiner Entwicklung, meiner Geschichte.

Vor vielen Jahren bereits habe ich mich mit Drachenenergien und der Heilung der Weiblichkeit beschäftigt, und diese Erinnerungen fließen auch in die folgenden Seiten ein. Doch dieses ist nicht nur ein Buch *über* Drachenwesen, sondern sie kommen auch selbst zu Wort.

Als Botschafterin der geistigen Welt und durch meine persönliche Liebe zu diesen Geschöpfen fällt es mir leicht, mit ihnen zu kommunizieren. Dieser Austausch mit feinstofflichen Wesenheiten und Geschwistern, der *Channeln* genannt wird, hat sich für mich in den letzten Monaten sehr verändert. Früher war es so, dass die Einstimmung auf Botschaften aus der geistigen Welt sehr viel Vorbereitung, Ruhe und Zeit benötigte. Jetzt ist es oft ein paralleler Austausch, der gleichzeitig mit alltäglichen Tätigkeiten stattfindet. Während ich zum Beispiel diese Zeilen schreibe, bin ich eins mit den Energien, von denen die folgenden Seiten erzählen. Das heißt, ich bin, während dieses Buch wächst, mit den Drachenwesen immer in Verbindung. Also auch, wenn ich von meinen persönlichen Erfahrungen berichte, fließt die Energie der Drachen in die Worte mit ein, und vor allem in die Essenz, die hinter dem Geschriebenen steht. Die Kommunikation mit den feinstofflichen Reichen hat sich also erweitert, so dass die Wesenheiten nicht nur durch mich sprechen können, während ich ihnen mein System zur Verfügung stelle, sondern ich mich auch mit ihnen unterhalten kann, so als wären sie neben mir, wie ein lieber Freund oder eine Freundin, die ich zum Kaffeetrinken eingeladen habe. Das versuche ich später in den Kapiteln „Parallele Welten" und „Traumebenen" zu beschreiben.

Ich bin mit dieser Fähigkeit nichts Besonderes; es ist nichts anderes als eine Erweiterung der Wahrnehmung, die aufgrund der jetzigen Zeitqualität vielen Menschen begegnet und die manche vielleicht nur noch nicht richtig einordnen können.

Des Weiteren ist dieses Buch für mich auch eine Liebeserklärung an die Kraft der Weiblichkeit, die Große Göttin, die Shekaina. Shekaina ist ein Name, der die Urweiblichkeit, Mutter-Gott dieses Universums benennt. Im essenitischen Kontext ist die Farbe, die ihr zugeordnet wird, Schwarz, denn nichts ist aufnehmender und rezeptiver als ein schwarzes Loch. Das ist die Qualität von Shekaina: Sie nimmt alles auf. Sie nimmt alles an. Sie bewertet nichts und niemanden. Sie grenzt nichts aus. Sie ist für alle offen. Sie hat für alles Verständnis und Mitgefühl. Sie ist vollkommene Hingabe und Liebe. Shekaina ist der weibliche Aspekt der solaren Energie in diesem Universum. In der Kommunikation mit der Kraft der Großen Göttin ist kein Widerstand mehr möglich und somit kein Krieg. Und so ist die Heilung der Weiblichkeit in jedem Menschen auf der Erde gerade in dieser Zeit aktueller denn je.

Für mich persönlich bedeutet die Heilung der Weiblichkeit die Vereinigung der verschiedenen Kräfte und dualen Aspekte in mir, um Einheit mit allen Seinsebenen, die ich bin, zu erfahren. Und so ist es die Wiederentdeckung der Urmutter, der Großen Göttin, die hier gefeiert wird -, und ein Schlüssel dazu sind die Drachenwesen und -energien unseres Universums.

Was über Drachen erzählt wird

In vielen Ländern unserer Erde erzählt man sich Geschichten über große Schlangenwesen und Drachen. Manchmal werden diese Lebewesen als lebensspendende, und manchmal als zerstörerische Kraft beschrieben. Selbst heute noch kann man in den Schlangen, Krokodilen und auch Kröten die Nachkommenschaft der Drachen erkennen. Alle Eigenschaften, die den Drachenwesen zugesprochen werden, besitzen, in irgendeiner Form, auch ihre Nachfahren. Alle genannten Tiere werden dem weiblichen Prinzip dieses Universums zugeordnet, das heißt, sie verkörpern die rezeptive Kraft und sind ein Symbol für Leben und Fruchtbarkeit. Ich weiß zwar, dass einige Weisheitslehren die Schlange als phallischen Ausdruck deuten, doch in diesem Buch geht es um das Prinzip, sich immer wieder selbst zu gebären, was zum Beispiel durch die Fähigkeit der Schlange, sich mehrmals zu häuten, zum Ausdruck kommt, was eine weibliche Qualität ist. Es gibt aber auch Mythen über die Entstehungsgeschichte der Erde, in denen eine Urschlange unseren Planeten geboren haben soll. Über Schlangen, Kröten und Krokodile werden wir noch in einem späteren Kapitel ausführlicher sprechen.

Doch nun zurück zu den Drachengeschwistern. Manche Menschen behaupten sogar, es gäbe nur weibliche Drachen. Diese Aussage entstand wahrscheinlich aus der Wahrnehmung heraus, dass die Drachen Kinder der Shekaina sind. Was wir aber mit Sicherheit wissen, ist, dass sie älter als die Zeit sind. Das heißt für mich, es gab sie bereits auf Gaia, als unsere Matrix (= Illusion der dritten Dimension, des Getrenntseins) beim Untergang von Atlantis entstand. Da Zeit eine Scheinrealität der dritten Dimension ist, könnte man sagen, dass die Zeitrechnung erst bei der Zerstörung von Atlantis begonnen hat. Die Drachenwesen sind bereits vorher mit uns in Kontakt gewesen und haben mit uns kommuniziert. In manchen Geschichten wird erzählt, dass Drachen Schätze hüten. Ja, das tun sie, denn damit ist für mich tiefes Wissen, Weisheit und Erkenntnis gemeint; all das tragen sie in sich, und daraus kann neues Leben geschaffen werden.

Drachen sind machtvolle Wesen, und deshalb heißt es, dass ihnen nur Menschen ohne Furcht begegnen können, die anderen würden ihren Anblick nicht ertragen. Das bedeutet für mich, dass du dir deiner Kraft bewusst, also in der Ausgewogenheit deiner männlichen und weiblichen Anteile, deiner Opfer- als auch Täterenergie sein solltest, um ihnen gegenübertreten zu können. Dass Drachenblut unverwundbar macht, wusste schon Siegfried aus der Nibelungensage, als er darin badete.

Manchmal liest man auch, Drachenblut sei giftig. Ich habe mich gefragt, warum Drachenblut beide Eigenschaften in sich tragen soll. Nun, die Antwort ist ganz einfach: Es ist ein Hinweis auf die lebensspendende Kraft des Blutes im Allgemeinen, die den Menschen, der in ihm badet, stärkt, ihn gesunden lässt etc. Die geistige Welt betont immer wieder, dass wir nur dort verwundbar sind und verletzt werden können, wo in uns noch ein Widerstand gegen irgendetwas ist. Und an dieser Stelle möchte ich dich an die Schwärze der Shekaina erinnern. Die Kraft des Urweiblichen ist nur Aufnehmen, ohne Wertung, ohne Widerstand. Dadurch kann die Kraft der Weiblichkeit im Fokus der Shekaina nicht verletzt werden, eine Verwundung ist nicht möglich. So heißt „im Drachenblut zu baden" für mich, in diese bedingungslose „Schwärze" einzutauchen bzw. vollkommen in die Qualitäten, die ihr zugeordnet werden. Und dass das Blut dann als giftig bezeichnet wird, ist naheliegend, denn meistens macht uns das, was wir nicht kennen, Angst, und wir belegen es gerne mit unangenehmen Eigenschaften bzw. mit solchen, die für uns nicht gut zu sein scheinen. Auch das wird uns in diesem Buch immer wieder begegnen, um uns herauszufordern, über unseren eigenen Schatten in die Einheit zu springen.

Dass Drachen Jungfrauen entführen und fressen, ist ein Missverständnis bzw. ein Gerücht, das die Angst vor Drachen nähren sollte. Denn eigentlich stellt eine Entführung durch einen Drachen eine Initiation dar, die ein Mensch durchlaufen kann, einer Vermählung mit dem Drachen ähnlich, - eine Vereinigung mit der eigenen Kraft, Weisheit und der inneren Harmonie von materiellen und kosmischen Kräften. Deshalb war es in den Märchen nur einem besonderen Ritter möglich, die Jungfrau oder die Prinzessin zu befreien. Es musste ein Mensch sein, der mit den neu erwachten Kräften der jungen Frau, die durch die Begegnung mit dem Drachen eine Einweihung erfahren hatte, umgehen konnte. Die „Befreiung" der Jungfrau bzw. der Prinzessin bedurfte großen Mutes, auch wenn ursprünglich dabei kein Blut vergossen wurde. Das heißt, der Drache wurde nicht getötet. Dieser Teil der Geschichte wurde erst in den blühenden Zeiten des Patriarchats hinzugefügt. Doch dazu später mehr.

Drachen waren also bereits vor bzw. während der atlantischen lichten Phase mit den Wesenheiten der erwachenden Gaia in Berührung. Doch auch nach dem Untergang von Atlantis kamen sie, um mit den Menschen zu sprechen und sich mit ihnen zu vereinigen. Diese Kommunikation reicht bis in die heutige Zeit.

Drachenenergien und christliche Lehren

Als Kind ging ich gerne in die sonntägliche Messe, war begeistertes Jugendscharkind und sang im Kirchenchor. Priester und Klosterfrauen gefielen mir, und ein wenig später liebte ich lange Diskussionen mit meinen verschiedenen Religionslehrern. Natürlich hatte ich meine ganz „normalen" Phasen der Rebellion, in denen ich auch erkannte, dass in der katholischen Kirche nicht alles so lichtvoll war, wie es mir als Kind erschien. Ich distanzierte mich davon und fand meine Antworten in anderen Glaubensrichtungen. Ich beschäftigte mich mit verschiedenen christlichen Strömungen, Freikirchen genauso wie mit dem Buddhismus. Dabei war es für mich immer schon wichtig gewesen, das Verbindende in den Religionen zu sehen, weil ich der tiefen Überzeugung bin, dass alle vom gleichen „Gott" sprechen, auch wenn sie ihn anders benennen.

Auf diesem Weg begegneten mir auch immer wieder Drachenwesen und Drachenenergien oder Schlangen. Die meisten von uns kennen zum Beispiel die Darstellung, dass ein Ritter oder ein Engel einen Drachen tötet. Sehr häufig können wir dieses Bild in Kirchen finden. Von der Symbolik her drückt das die Unterwerfung der weiblichen Energie durch das Patriarchat (das Christentum, die katholische Kirche) aus. Der Drache beinhaltet alles, was mit der Verehrung der Großen Mutter in Verbindung steht bzw. stand, die alten matriarchalen Kulte und Rituale, die durch das Aufkommen des Christentums als heidnisch abgetan und verboten wurden. So, wie die Kräfte der Frau verteufelt wurden, mussten auch die Drachen sterben. (Vergleiche die Geschichte von Avalon und die wachsende Christianisierung in *Die Nebel von Avalon* von Marion Zimmer-Bradley, oder *Feen, Elfen und Zwerge – vom Umgang mit der Anderswelt* von mir, siehe hinten im Buch). Das, was uns unheimlich oder unbekannt ist, wird als dämonisch bezeichnet. Und so hat vor allen Dingen auch in der katholischen Kirche das Urweibliche den Stempel „Kraft des Chaos" erhalten, wobei Chaos nichts anderes als die Fülle aller Möglichkeiten bedeutet.

Die meisten Menschen wissen mittlerweile, dass die erste Frau Adams nicht Eva hieß, sondern Lilith. Doch sie war zu eigenständig; sie ließ sich nicht manipulieren, und sie war sich ihrer ursprünglichen Macht bewusst. Und so bat Adam darum, eine gefügigere Partnerin an seiner Seite zu wissen. Lilith wurde fortgeschickt. Seither gilt sie als dunkler Aspekt und wird in der Astrologie „der dunkle Mond" genannt. Eva war ihre Nachfolgerin. Und wer kennt nicht auch den Versuch der Schlange, Eva zu überreden, einen Apfel vom Baum der Erkenntnis zu pflücken, um diesen Adam zu reichen? Dabei war das nur ein Versuch gewesen, Eva wieder an ihre ursprüngliche Kraft, an ihre Einheit mit der Großen Göttin, zu erinnern. Doch Eva hatte bereits vergessen, welches Potenzial in ihr lag, und somit nahm die Geschichte den Verlauf, den wir aus der Bibel kennen. Eva wurde bestraft und die sogenannte Erbsünde war geboren.

Die biblischen Geschichten, das Vaterunser etc. wurden aus aramäischen Ursprungstexten übersetzt. Die Schwierigkeit dabei ist und war, dass ein aramäisches Wort viele unterschiedliche Bedeutungen haben kann, und je nachdem, für welche man sich entschied, veränderte sich der Text in seiner Aussage komplett. So gibt es zum Beispiel auch in China christliche Strömungen, die das aramäische Wort, aus dem unsere „Erbsünde" wurde, mit „Unschuld" übersetzt haben. Das ist eine vollkommene andere Energie, mit der Menschen dort wachsen können: Es wird davon ausgegangen, dass jeder bei der Geburt rein und unschuldig ist, während wir davon überzeugt sind, dass jeder mit der Erbsünde geboren wird und daher schon von vornherein eine große Last zu tragen hat. Im Laufe der letzten Jahre haben deshalb immer mehr Menschen begonnen, sich mit den aramäischen Urtexten, u. a. mit den Schriftrollen von Qumran, zu beschäftigen, um die ursprüngliche Essenz der Botschaften wieder mehr zu erfassen. Und das finde ich persönlich sehr interessant und heilsam.

Auch durch die Marienverehrungen, wie wir sie zum Beispiel von der katholischen Kirche her kennen, die Frausein als Heiligsein und Reinsein darstellen, wurde die Urkraft der Weiblichkeit in eine bestimmte Richtung gedrängt, die sich vom Kern weit entfernte. Denn Weiblichkeit bedeutet alles: Heilige und Hure, Mutter, Geliebte und Verführerin, Tochter zu sein. Es bedeutet aber auch Mann, Krieger, Gelehrter, Liebhaber, Sohn zu sein, um hier nur einige Eigenschaften zu nennen. So bedeutet für mich der Weg des Drachens, alle diese Aspekte in mir wieder anzunehmen, zu vereinen, denn erst dann, wenn ich mir dieses selbst zugestehe, kann ich frei wählen, was ich in jedem Moment sein möchte.

Während meines Theologiestudiums (ich wollte Religionslehrerin werden, habe es aber dann in der Folge nicht abgeschlossen) galt mein Interesse vor allen Dingen der feministischen Theologie. Ein wesentlicher Ansatz darin ist, dass der weibliche Ausdruck des Gebets und des Glaubens ein sinnlicher ist, indem der Körper, die Haut, die Haare miteinbezogen werden. Durch physische Berührung wird er lebendig. Eines der beliebtesten Beispiele dafür ist die Geschichte, als Maria Magdalena Jesus die Füße wusch und mit ihren Haaren trocknete.

Eine der Aufgaben der feministischen Theologie besteht darin, den männlichen, theoretischen, intellektuellen Ansatz aus seinem Elfenbeinturm herunterzuholen und ihn ins Leben zurückzubringen. Dass das immer noch wichtig ist, davon bin ich auch heute noch gerade in dem spirituellen Kontext, in dem ich mich bewege, überzeugt. Bei vielen Menschen ist die Spiritualität nur ein theoretischer Überbau. Sie versuchen, ihn zu erfüllen; versuchen eine bestimmte Rolle zu spielen, von der sie glauben, dass sie von ihnen als Lichtarbeiter erwartet wird; versuchen, ein „Heiliger" zu sein. Doch für mich ist das eigentliche Geheimnis des Glaubens das Leben selbst, mit all seinen Facetten, mit all seinen Höhen und Tiefen. Das ist es, was die geistige Welt uns versucht, nahe zu bringen.

Mein Weg hat mich zu der essenitischen Lehre geführt, bei der mir zum Beispiel gefällt, dass man von einem Vater-Mutter-Gott ausgeht, in dem die rezeptiven und dynamischen Kräfte in absoluter Harmonie sind. Die Kraft der Shekaina ist gleich wichtig und wertig, wie die von El Shaddai (=Vatergott). Beide in sich zu vereinen ist ein wesentlicher Aspekt im Essenertum. Der essenitische Weg brachte mich verstärkt in die Liebe und die Freude am materiellen Sein und in das Spiel mit diesen Kräften. Ein Essener liebt das Leben mit all seinen Genüssen. So war auch Jesus, der ein essenitischer Meister ist, kein Kind von Traurigkeit. Nach essenitischer Auffassung starb er nicht am Kreuz, sondern lebte danach gemeinsam mit seiner Frau Maria Magdalena und seinen Kindern weiter. Und hier schließt sich für mich der Kreis. In meinem Verständnis ist es nämlich wichtig, Spiritualität mit dem Alltag und mit all meinen Sinnen und mit all meinen Nuancen, die ich bin, zu verbinden. Und das wird, wie gesagt, durch die Energien und die Weisheit der Drachenwesen unterstützt.

Meine (Drachen)Wurzeln

Während meiner Ausbildung zur Sozialarbeiterin beschäftigte ich mich viel mit Mondmagie, Mystik, Märchen und matriarchalen Kulturen. Dabei konnte ich sehr viel über mich selbst, über weibliche Energie und über die Einheit zwischen Mikro- und Makrokosmos erkennen und lernen. In diesem Zusammenhang traten auch das erste Mal bewusst die Schlangen- und Drachenwesen in mein Leben, das von diesem Zeitpunkt an immer wieder von ihnen geprägt wurde.

Damals las ich viele Bücher von Luisa Francia, einer interessanten Frau, die jetzt in München lebt und sich mit Magie, Frausein, Ritualarbeit etc. beschäftigt.

Eines ihrer Werke handelt vom Umgang mit der Menstruation, und Luisa Francia nannte die Zeit der Blutung „Drachenzeit". Ein wunderbarer Vergleich, wie ich finde, und ein sehr gutes Buch, das den gleichen Namen trägt. Es ist für alle Frauen empfehlenswert, die Schwierigkeiten bei der Annahme ihres weiblichen Körpers haben und ihren Zyklus als lästig oder schmerzhaft erfahren. Ich finde es auch gut, dieses oder ähnliche Bücher zu lesen, wenn Menschen das Gefühl haben, zu dick oder zu dünn, zu klein, zu groß, zu blond oder zu unattraktiv zu sein, oder sie anderen etwas Derartiges immer wieder einreden möchten. Ich persönlich empfinde den Menstruationszyklus nach wie vor als sehr kraft- und machtvoll und voller Magie, wenngleich ich gestehen muss, dass der Zyklus der

Frau wohl auch erst durch die Matrix (siehe Seite 15-16) entstanden ist. Ich hänge noch ein bisschen an meinen matriarchalen Wurzeln, der Blutmagie und dem Mondzyklus, und so habe ich mir vorgenommen, meine „Drachenzeit" noch etwas zu genießen, denn in der fünften Dimension wird es diesen Zyklus wahrscheinlich nicht mehr geben. Der Kosmische Mensch, der wir dann alle sind, braucht keine Rhythmen im Außen mehr, er selbst ist der Rhythmus. Er braucht keinen Zyklus, um etwas zu beginnen und abzuschließen, er ist selbst Anfang und Ende. So nehme ich einmal an, dass es auch keinen Eisprung, keine Menstruation, keine Wechseljahre mehr geben wird, genauso wenig wie einen weiblichen oder männlichen Körper in der Form, wie wir ihn jetzt noch bewohnen und an dem ich, wie ich gestehen kann, noch liebevoll hänge.

Als ich mich also früher schon mit Drachen beschäftigt hatte, kam immer wieder der Hinweis, man solle sich einen eigenen Drachen malen oder ein Bild von einem aufhängen, um die eigene Kraft darin zu erkennen, um sich geborgen und behütet zu fühlen, und auch, um die Drachen zu bitten, einen zu dem Schatz, den sie bewachten, zu führen. Nicht umsonst werden Frauen oft auch Hausdrachen genannt. Wenngleich es meist nicht liebevoll gemeint ist, ist die Essenz dahinter als äußerst positiv zu verstehen, und so kann jeder Mensch diese Bemerkung getrost als Kompliment betrachten. Denn gemeint damit ist eine kraftvolle Frau, die sich nicht unterordnen lässt.

In der Zeit, als die Drachenenergien das erste Mal so richtig bewusst in mein Leben traten, kaufte ich mir meinen ersten Telefonanrufbeantworter. Die erste Ansage darauf lautete: *Die Drachenfrau* (damit war natürlich ich gemeint) *ist gerade ausgeflogen*, usw. Nachdem ich bei dieser Ansage auch noch die passende Stimme gewählt hatte, musste einer meiner Freunde, als er diesen Text zum ersten Mal live am Telefon hörte, so lachen, dass ich ihn schnell wieder änderte, um Missverständnissen vorzubeugen.

Damals ließ ich mir auch meinen ersten chinesischen Drachen tätowieren. Ich liebe diesen Drachen, und er war mir stets ein treuer Begleiter. Des weiteren genoss ich jede Reise nach England, wusste ich doch, dass ich dort meine Drachensammlung erweitern konnte. Und so haben mich viele Jahre Drachenbilder, Drachenfiguren etc. in meinen Wohnungen begleitet, auch wenn unsere Freundschaft im Laufe der letzten Jahre ruhiger geworden ist - bis zu dem Tag oder, besser gesagt, bis zu jener Nacht, in der ich einen Traum hatte, der mich zutiefst berührte und schließlich in meinem Leben eine besondere Veränderung einleitete. Wobei *Traum* nicht immer das richtige Wort ist, weil Träumen im engeren Sinne für mich die Aufarbeitung von Ereignissen bedeutet.

In einem weiter gefassten Verständnis dieses Begriffs bekomme ich viele Botschaften und Visionen während meiner „Nachtarbeit" und reise dort auch in Ebenen und Dimensionen, um etwas Neues zu erfahren. Dieser „Traum" also war ein tiefes Erfahren:

Ich war in Atlantis, in seiner lichten Phase, und es waren sehr viele mir aus meinem jetzigen Leben vertraute Wesen anwesend. Wir trugen lange fließende Kleider. Und obwohl ich mich noch genau an die Farben und die Umgebung erinnern kann, fehlen mir die Worte, es hier zu beschreiben. Jedenfalls traf ich dort einen Mann wieder, den ich bis dato nur einmal flüchtig gesehen hatte. So war ich sehr erstaunt, ihn mit solch einer Nähe und Vertrautheit in meinem „Traum" wiederzutreffen. Wir unterhielten uns, und es stellte sich heraus, dass er eigentlich ein Drachenwesen ist, das nur eine menschenähnliche Form angenommen hatte, damit wir uns nicht vor ihm fürchten und leichter mit ihm kommunizieren können. Er meinte auch, dass jetzt wohl wieder die Zeit gekommen sei, um seine wahre Gestalt anzunehmen, und es sei eine besondere Ehre für die Wesen, die dabei sein dürften. Und er begann, sich vor meinen Augen zu verwandeln und wurde zu einem riesigen, mächtigen Drachen. Ich war tief berührt, dieses miterleben zu dürfen, und fragte ihn, ob ich seine Drachenhaut angreifen dürfte, und er erlaubte es mir. Es war für mich ein unbeschreibliches Gefühl, diese raue, schuppige und doch weiche Haut zu streicheln. Diese Berührung ging mir durch und durch. Durch diesen Traum war so viel Vertrautheit zu dieser Wesenheit entstanden, dass ich mich prompt über beide Ohren in ihn verliebte, als ich ihn das nächste Mal, ein paar Wochen später, dreidimensional wiedersah.

Danach häuften sich die Seminare, an denen ich teilnahm und in denen vermehrt Drachenbotschaften an uns gerichtet wurden. Und so nahmen die Drachenwesen in meinen Träumen und Visionen wieder ihre alte Bedeutung und Wichtigkeit ein.

Der Wunsch, dieser erneuten Vereinigung auch in der Materie ein Zeichen zu setzen, brachte mich zu der Entscheidung, mir einen weiteren Drachen tätowieren zu lassen. Dazu möchte ich anmerken, dass mich Tätowierungen seit meiner Kindheit fasziniert haben und ich sie liebe. Es ist für mich wie eine Initiation und die Energie von dem, was in die Haut geprägt wird, wirkt fortan durch dich und in dir. In alten Kulturen war es üblich, dass Schamanen in rituellen Einweihungen Tätowierungen erhielten.

Ich bekam ein Buch über tätowierte Menschen in Tahiti geschenkt. Dort stehen diese Symbole für Kraft, Mut und Stärke, und die Menschen, die diese tragen, sind archaische Geschöpfe so voller Schönheit, dass ich jedes Mal zutiefst begeistert bin, wenn ich die Bilder sehe. Die Tätowierungen selbst werden dort nur von Priestern ausgeführt, und das Ganze wird wie in einem heiligen Akt vollzogen.

Doch nun zurück zur Wiederbelebung der Drachenfreundschaft in meinem Leben. Dazu möchte ich noch ein bisschen weiter ausholen in meinen Erzählungen und lade dich daher im nächsten Kapitel zu einem kleinen „Ausflug" ein.

Ein Ausflug in schamanische Erinnerungen

In den letzten Monaten war ich an einem Punkt angekommen, an dem mir klar wurde, dass meine Vorstellungen über mich und meine Beziehungen, meine Arbeit, mein Leben nicht mehr stimmten. Ich wusste quasi von heute auf morgen nicht mehr, wer ich bin, was ich wollte, was für mich Liebe, Freundschaft, Partnerschaft bedeuteten, gerade auch im Zusammenhang mit der Entwicklung zum Kosmischen Menschen. Es war eine Zeit tiefer Empfindungen: Freude, Traurigkeit, Wut und Unverständnis, Freiheit – alles war da. Und ich sagte mir: „Klasse, bitte nicht schon wieder!" – jetzt, wo ich gedacht hatte, es würde endlich ruhiger in meinem Leben werden bzw. mich darüber gefreut hatte, dass es so gewesen war. Doch dann erkannte ich, dass es um einen weiteren Schritt der Heilung von Weiblichkeit ging. So viele Schichten waren schon erlöst. Jetzt kam die nächste, vielleicht die letzte. Und da waren sie, die Drachenfreunde, um mir zu sagen: „Nimm an deine Kraft, deine Stärke, deine Freiheit, deine Liebe, deine Unabhängigkeit." Ja, das wollte ich tun.

In dieser Zeit musste ich aufgrund einer grippalen Schwäche das Bett hüten. Ich war wie in einem Zwischenreich, und die gefiederte Schlange (auf sie werde ich in einem späteren Kapitel noch näher eingehen) kam zu mir und brachte mir die folgende Botschaft:

„Tochter des Regenbogens. Verwende die Kraft nicht gegen dich, sondern gehe in die Kraft der Gebärerin, die du bist, und schenke Leben. Klarheit ist wichtig, um die Kraft zu lenken. Chaos auch. Die Zeit der Ruhe ist wichtig, um Botschaften zu empfangen. Höre mit dem Herzen. Visionen offenbaren sich dir – in der Stille. In der Stille der Nacht. Setze dich hin und schreibe. Deine schamanischen Wurzeln wurden über den Transponder von Toronto geheilt."

Dabei hatte ich das Gefühl, innerlich zu brennen, und es schien, als hätte ich sehr hohes Fieber, was nicht der Fall war. Es war nur die Energie der Urschlange, die in meinem Körper wirkte.

Zu der Botschaft möchte ich folgendes erklären: Ich habe nie einen besonders guten Zugang zu Schamanismus in dieser Inkarnation gehabt, habe mich nicht davon angesprochen gefühlt. Vor Jahren erzählte mir die geistige Welt auf meine Frage, warum es mir so schwer fiele, an die Kraft der Selbstheilung zu glauben bzw. sie zu aktivieren, wenn meinem eigenen physischen Körper etwas fehlte, folgendes:

Ich sei früher ein sibirischer Schamane mit heilenden Fähigkeiten gewesen. Meine Frau, die ich über alles liebte, wurde krank, und es war Zeit für sie, zu sterben. Ich wollte sie nicht gehen lassen und nutzte meine Macht, um sie in der Materie zu halten, und stellte mich so gegen ihren Seelenplan. Ich hatte meine Kraft missbraucht, und da ich diese Erfahrung noch nicht angenommen hatte, zweifelte ich in dieser Inkarnation ständig an meiner Fähigkeit, mich selbst zu heilen. Diese Information brachte mir sehr viel Erkenntnis, auch dazu, warum mir Kälte etc. so zuwider ist.

Doch es war noch nicht Zeit für mich, mich weiter damit zu beschäftigen, und so geriet die Sache in Vergessenheit.

Letztes Jahr war ich mit einer Gruppe von Menschen in Toronto, um dort gemeinsam einen atlantischen Transponder zu aktivieren. Was ein Transponder ist, warum, weshalb, wieso ihre Heilung wichtig ist, möchte ich hier nicht näher erläutern. Wer sich dafür und für Atlantis und Kristallwissen interessiert, kann gerne in *Kiria Deva und Elyah – Kristallwissen, der Schlüssel von Atlantis* von Antan Minatti (siehe hinten im Buch) mehr darüber lesen.

Auf jeden Fall ist Toronto auf einem alten Kraftort erbaut worden, und der Name der Stadt heißt übersetzt: Ein guter Platz, um sich zu treffen. Früher kamen dort die Ureinwohner verschiedener Stämme zusammen, um ihre Konflikte friedlich, ohne Waffen, in einem gemeinsamen Gespräch zu klären. Ein Stamm der Ureinwohner von Kanada heißt Uronen. Und Ahnen dieses Volkes begleiteten unsere Erdheilung in Toronto.

Wir waren gerade mit dem Auto in ein nahe gelegenes Naturschutzgebiet unterwegs, um dort unsere „Arbeit" zu verrichten, als wir wahrnahmen, wie eine weise Frau der Uronen bereits vor uns an dem Ort war, den wir erreichen wollten, dort ein Feuer entfacht und ihre alten, heiligen Gesänge angestimmt hatte, um die Zeremonie vorzubereiten. Sie war so voller Anmut und tiefer Liebe in ihren Bewegungen und in ihrem Sein, dass ich tief berührt war und spürte, dass sich meine Einstellung zu schamanischen Kräften zu verändern begann und ich ihnen voll Dankbarkeit und Respekt begegnen konnte.

An einem der darauf folgenden Tage fuhren wir zu den Niagarafällen, um dort mit der Befreiung der dortigen Leyline (=Kraftlinie) unser Tun fortzusetzen. Dabei durften wir das Land energetisch wieder den Ureinwohnern zurückgeben, und ihre Wunden (ihrer vergangenen Geschichte) konnten heilen. Doch eigentlich war es die Heilung meiner eigenen Wurzeln, die dadurch eingeläutet wurde. Seitdem erinnerte ich mich an frühere Praktiken und Riten, die ich früher getanzt oder gesungen habe.

Zu dieser Zeit hatte ich bereits seit Wochen eine hartnäckige Hautirritation, die sich vor allen Dingen auf meinen Händen und Füßen zeigte. Als ich nach längerem Hin und Her zu einer Ärztin ging, teilte sie mir mit, dass es entweder eine Autoimmunsystemerkrankung sei, oder ich eine heftige Erfrierung der Finger und Zehen gehabt haben müsste. Das war für mich interessant, denn obwohl auf den ersten Blick sich beide Diagnosen zu widersprechen schienen, stimmten beide. Die vermutete Autoimmunsystemerkrankung deutete auf eine momentane Fehlleitung meiner Feuerenergie hin, so dass daraus entzündliche Prozesse im Körper gefördert wurden. Der Hinweis auf die Erfrierung meiner Hände und Füße war nicht auf diese Inkarnation bezogen, sondern führte mich zurück in meine sibirische Vergangenheit.

Dass Disharmonien ihre Ursache nicht immer in diesem Leben haben, hat sich in unserer Praxis immer wieder bestätigt. Ich erinnerte mich an die frühere Botschaft der geistigen Welt und die damalige Heilerinkarnation und wusste, dass jetzt der Zeitpunkt gekommen war, damit in die Aussöhnung zu gehen und einen Kreis zu schließen. Kaum hatte ich mich dazu entschlossen und begonnen, mich liebevoll dem Fluss meiner Feuerenergie zuzuwenden und mich für Literatur und Informationen über das Altaigebirge und ihre Schamanen zu interessieren, begann meine Haut zu heilen.

Das Altaigebirge in Sibirien ist ein Ort der Kraft, um den sich große Mythen ranken. Dort soll auch Belowodje, eine geheimnisvolle Stadt ähnlich Shambala, liegen. Diese Erlebnisse liefen parallel zu den erneuten Begegnungen mit der gefiederten Schlange und den Drachenwesen und begleiteten die Auseinandersetzung mit der Wiedererweckung der Weiblichkeit.

Die Wiederkehr der Drachen

Doch die Drachen waren nicht nur in mein Leben zurückgekehrt. Ich freute mich, als ich entdeckte, dass ich mit ihnen auch über ihre gechannelten Botschaften in Kontakt kam, die unter anderem durch Trixa Gruber, einem Medium und einer spirituellen Lehrerin aus Müllheim, übermittelt wurden. Gleichzeitig nahmen die geistigen Durchsagen in Einzelsitzungen zu, in denen Menschen aufgerufen wurden, sich wieder mit den Drachenwesen zu vereinen, während gleichzeitig immer mehr Menschen, die eine Begegnung mit Drachen hatten, um Einzelheiten zu ihnen baten, damit sie ihre Erlebnisse besser verstehen könnten.

Die Rückkehr der Drachen hat viel mit meinen momentanen Visionen und persönlichen Eindrücken zu tun, als auch mit einer globalen Schwingung. Dass das Thema Heilung der Weiblichkeit, das natürlich die Heilung der Männlichkeit mit einschließt, im Augenblick sehr präsent ist, kann ich ringsherum erkennen.

Für mich ist die Wiedererweckung der Weiblichkeit ein Ausdruck dafür, eins zu sein, rund zu sein, ganz zu sein und alle meine Aspekte, lieb gewonnene und weniger lieb gewonnene, in mir zu vereinen. Das scheint ein weiterer wichtiger Schritt zu sein, damit wirkliche Begegnung zwischen Frauen und Männern, - egal wo, ob in Beziehungen, Freundschaften oder in beruflicher Hinsicht - stattfinden kann, denn erst dann wird es möglich sein, unser Erbe der Androgynität anzunehmen, zu erfahren und zu leben.

Wenn ich im Vorhergehenden und im Folgenden von persönlichen Erlebnissen schreibe, dann deshalb, damit sich andere Menschen darin wiedererkennen können. Denn was ist an meiner Geschichte schon anders als an deiner? Vielleicht habe ich nur mit Worten gespielt, weil ich das gern tue, um deinen Erlebnissen eine Form, einen Ausdruck zu geben. Und so geht es und ging es in allen Kapiteln, auch wenn ich von mir spreche und sprach, viel weniger um mich als vielmehr um dich.

Drachenmagie

Die Feen beschreiben in dem Buch und dem dazugehörigen Kartenset *Das Feengeschenk* (Ansata Verlag) von Marcia Zina Mager, Magie wie folgt:

„Wahre Magie hat nichts damit zu tun, zu zaubern oder Kaninchen verschwinden zu lassen. Wahre Magie ist nichts anderes als ehrfürchtiges Staunen. Immer wenn du ausrufst: „Ist das nicht erstaunlich!", spürst du den Zauber, der allen Dingen innewohnt. Feen – und kleine Kinder – haben es schon immer gewusst: Alles ist von Magie erfüllt. Betrachte dein Leben heute einmal ganz genau. Mache dir bewusst, welche „Zauberer" du schon kennen gelernt hast: den besonderen Lehrer, der die Gabe hatte, immer genau das Richtige zu sagen; den weisen Freund, der dir etwas klarmachte, was dir zuvor nicht bewusst gewesen war. Suche das Magische nicht an außergewöhnlichen Orten, sondern in den kleinen, banalen Dingen des täglichen Lebens. Suche es gerade dort, wo du es niemals vermuten würdest. Bitte ein Kind um Hilfe – und dir wird eine neue Welt offenbart werden."

Für mich ist Magie durch diese Botschaft aus der Anderswelt so liebevoll und klar ausgedrückt, dass es gar nicht mehr so viel zu ergänzen gibt. Das ganze Leben also ist Magie. Magie ist die Essenz, das Geheimnisvolle, das hinter dem Sicht- und Greifbaren steht. Und dieses zu entdecken, ist gleichzeitig auch die Aufgabe der Magie.

Seit jeher wurde Magie angewandt, um Unsichtbares in

die Materie, in die Sichtbarkeit, zu bringen, letztendlich um Geist und Materie bewusst miteinander zu verbinden. Der Ursprung der weißen und der schwarzen Magie ist eins. In der Praxis verschwimmt die Grenze allerdings sehr schnell. Das möchte ich dir anhand des folgenden Beispiels erklären. Grundsätzlich bezeichnet man das, was lebensfördernd ist, als weiße Magie, und das, was blockierend, hemmend oder lebensverneinend ist, als schwarze.

Die geistige Welt fordert uns schon seit geraumer Zeit immer mehr dazu auf, mit allem, was ist, in die Annahme, in die Einheit, in das Einverstandensein zu gehen. Sie sagt, wenn ich etwas nicht haben möchte, wenn ich gegen etwas bin, wenn ich mich vor etwas schützen will, erschaffe ich Trennung, und es kann keine Heilung geschehen. In vielen früheren Ausbildungen wurde uns jahrhundertelang durch verschiedene Techniken und Rituale beigebracht, uns vor Energien, Wesenheiten oder anderen Menschen zu schützen. Doch was ist ein Schutzzauber anderes, als einen Kreis der Blockierung um mich zu schließen, sodass gewisse Energien nicht mehr an mich herankommen können? Was ist ein Schutzzauber anderes, als eine Energie der Trennung, die bewusst aufgebaut wird? Wenn du dir nun die oben erwähnte Definition von weißer und schwarzer Magie betrachtest, erkennst du, dass auch ein weißmagisches Ritual des Schutzes, das dir subjektiv Segen bringt, von einem anderen Standpunkt aus betrachtet eine schwarzmagische Qualität beinhaltet. Diesen Aspekt zu erkennen, finde ich sehr wichtig. Das heißt für mich nicht, dass es dann ohnehin egal ist, was und wie ich es mache, sondern es bedeutet für mich, wenn ich im magischen oder spirituellen Bereich arbeite, mich immer wieder mit Ethik auseinander zu setzen. Für Ethik gibt es keine allgemeingültige Definition. Auch hier entscheidest du selbst, was es für dich bedeutet.

In der Magie ist es wichtig, die Energien, mit denen du arbeitest, die du rufst, zu kennen. Ebenso solltest du dich selbst kennen und in der Annahme all deiner Qualitäten sein, nicht nur jener, die du als licht- und liebevoll bezeichnen würdest. Überprüfe bitte vor jedem Ritual, vor jeder Übung, deine Motivation und sei dir der Konsequenzen deiner Handlungen bewusst. In dem Buch *Johannes* von Heinz Körner, das vor vielen Jahren im Lucy Körner Verlag erschienen ist, faszinierte mich die Aussage: „Es ist egal, was du tust. Es geht nur um die Frage, ob du auch bereit bist, alle Konsequenzen dafür zu tragen."

Um auf den Schutzzauber zurückzukommen:

In der Praxis ist es so, dass die Techniken des Schutzes, die ich verwende, viel viel weniger geworden sind. Doch auch in diesem Bereich befinden wir uns in einer Zeit des Übergangs, in der das Alte sich verändert, auflöst und das Neue erst im Wachsen ist. Also hat beides seine Berechtigung. Mir persönlich ist es ein Anliegen, auch im Bereich der Magie aus der Wertung und Einteilung in „Gut" und „Böse", „Weiß" und „Schwarz" herauszutreten, so wie wir in allen Ebenen unseres Lebens immer mehr dazu aufgefordert werden.

In ihrem Buch über Drachenmagie *Der Tanz mit dem Drachen* (Arun-Verlag) beschreibt D. J. Conway, dass ein „guter" Magier weder schwarz noch weiß sei, sondern grau. Das finde ich ein sehr treffende Beschreibung.

Im Zusammenhang mit Drachenmagie gelten auch folgende Richtlinien: Du darfst keine Angst vor den Energien haben, die du rufst. Du solltest die Kräfte, mit denen du wirken möchtest, kennen und dir der Konsequenzen deines Tuns und auch deines Nichttuns bewusst sein. Drachenenergien sind Urkräfte, die du lenken bzw. die du um Unterstützung bitten kannst. Du kannst mit Drachen kommunizieren, du kannst sie einladen, mit dir zu leben, du kannst sie bitten, dir zu helfen, dein heiles Sein zu erkennen, dein Wissen zu erweitern, deine Liebe zur Materie auszubauen. Zur Einstimmung auf ihre Energie möchte ich dir gern einen Text aus dem Buch *Der Tanz mit dem Drachen* (Arun Verlag) von D. J. Conway vorstellen. Er heißt „Der Tanz der Drachen":

Die Sonne steht hoch, der Tag ist strahlend. Die Drachen tanzen auf dem Gras und die Bäume und Blumen glänzen. Sie reiten mit den Winden. In und unter den Wolken toben sie im Licht umher, gleiten auf den Sonnenstrahlen hinunter, Drachen, kristallklar. Wenn die Sonne untergegangen ist und die Berge in purpurrotes Blau getaucht sind, tanzen die Drachen weiter durch die Nacht. Auf Stränden aus in Mondlicht getauchtem Tau. Sie tanzen zu den Klängen der Musik, von menschlichen Ohren ungehört, wie sie schon seit Äonen getanzt haben, von menschlichen Jahren unberührt. Lehrt mich, schöne Drachen, mit

Freude durchs Leben zu tanzen, mich zu höheren Ebenen zu heben über die Grenzen des gewöhnlichen Menschen."

In den folgenden Kapiteln möchte ich mit dir tiefer in die Energien der Drachen eintauchen. Du wirst verschiedene Drachenwesen kennen lernen, ihre besonderen Kräfte, und mit ihnen Freundschaft schließen, wenn du möchtest.

Die Herkunft der Drachen

Die Heimat der Drachenwesen sind die Sterne. Deshalb werden sie auch oft Sternenwesen oder kosmische Wesen genannt. Sie kamen schon zu atlantischen Zeiten auf die junge Erde, um ihr Wissen und ihre Qualitäten mit uns zu teilen. Es gibt Geschichten, in denen sie den atlantischen Himmel in der Nacht mit ihrem Feueratem erhellten. Sie waren Wesenheiten voller Weisheit und Weite und unterstützten das Zusammenleben verschiedener Völker und Rassen in Harmonie.

Ich nehme die Drachenenergie unterschiedlich wahr. Manchmal erfahre ich sie als kollektive Energie, manchmal sind es einzelne Drachen, die ich sehe oder höre oder die sich mit mir unterhalten. Stell dir vor, dass es so viele Drachen wie Menschen gibt, einfach damit du erkennst, wie viele andersartige du im Laufe der Zeit kennen lernen kannst, wenn du möchtest. Es kann aber auch sein, dass du jemand bist, der mit einem Drachenwesen richtig Freundschaft schließt, und dir das vollkommen ausreicht. Mache es so, wie du möchtest.

Die Drachen können groß oder klein sein. Ich kenne Drachen mit Flügeln und ohne Flügel, und auch ihre Farben unterscheiden sich voneinander und entsprechen häufig ihrer besonderen Qualität, ihrem Geschenk, das sie mit anderen Wesen teilen möchten. Manchmal repräsentieren sie ein Element und sind mit ihm in besonderer Verbindung, wie zum Beispiel mit dem Wasser, der Erde oder der

Luft. Sie können von verschiedenen Sternenebenen kommen und deren Botschafter sein.

Auch in der Entwicklung der Menschen geht es im Moment sehr stark darum, sich wieder vermehrt mit Sternenenergien zu beschäftigen. Dabei nützt das Wissen, dass alle Menschen, die auf der Erde inkarniert sind, Verbindungen zu den Sternen haben und Inkarnationen auf Sternenwelten hatten. Wenn wir von der Rückbindung an Sternenheimaten sprechen, meinen wir das Aktivieren der Erinnerung an die Sternenherkunft in uns. Jede Sternenebene steht für eine bestimmte Qualität, Energie bzw. einen Aspekt. Indem wir die Sternenerfahrungen in uns erkennen und annehmen, können wir diese Eigenschaften in unser Hier und Jetzt fließen lassen.

Bei der Beschäftigung mit Sternenenergien geht es für mich nicht um ein Fliehen aus dem Alltag, sondern um eine Erhöhung der eigenen Präsenz in der Materie, das heißt, ich erweitere mein Bewusstsein und meine Selbstwahrnehmung und somit mein Erfassen dieses gesamten Universums. Dabei können wir unsere Multidimensionalität und unser holistisches Sein erfahren.

Wer sich für Informationen über Sternenebenen interessiert, dem empfehle ich Trixas Buch *Sternenwege* aus dem Lichtrad Verlag. Wenn du mehr darüber erfahren möchtest, was deine Sternenheimaten sind, dann spüre in dein Herz, verbinde dich mit deinem Hohen Selbst und erlaube dir zu fühlen oder zu wissen, von welchen Schwingungen oder Namen du angezogen wirst. Hier ist es wieder einmal wichtig, deiner eigenen Wahrnehmung zu ver-

trauen. Ansonsten kannst du deine Sternenwege auch ü-
ber ein Channeling mit der geistigen Welt erfragen oder sie
dir auspendeln lassen, je nachdem, was du möchtest.

Vielleicht wunderst du dich, warum ich von Heimaten
spreche und nicht nur von einem Planeten, von dem du
stammst. Das ist ganz einfach: Du hast viele. Der Glaube,
dass wir nur aus einer Heimatwelt kommen, ist sehr linear,
wie uns die geistige Welt immer wieder versucht zu vermitteln. Doch wie gesagt, beim Erforschen deiner Sternenin-
karnationen geht es nicht darum, sich so schnell wie möglich von dieser wunderbaren Erde zu lösen, sondern um
die Möglichkeit, deine Sternenqualitäten auf Gaia in deinem Alltag zu leben und zu nutzen.

Einiger meiner Sternenheimaten sind zum Beispiel die
Plejaden, Andromeda und ein marsianischer Aspekt, der
jetzt auf Saturn weilt. Von den Plejaden habe ich mein fließendes Sein, meinen Wunsch, mit allem und jedem zu verschmelzen. Dadurch hatte ich auch einige Jahre, so wie
viele meiner plejadischen Geschwister auf der Erde,
Schwierigkeiten, die Gesetzmäßigkeiten der dritten Dimension zu erkennen und zu leben. Um dieses zu lernen,
dabei half mir mein klarer, zielgerichteter Aspekt von
Mars/Saturn, den ich mittlerweile sehr schätzen und lieben
gelernt habe. Von Andromeda habe ich meine Freude an
Kreisen, an Drehungen und an allem Runden, sowie mein
Wissen über die Heilkraft des Wassers und meine Zuneigung zu Farben. So wirken sich diese Erinnerungen bei
mir aus. Doch selbst wenn du von den gleichen Sternenwelten kommen solltest, könntest du ganz andere Qualitä-

ten damit verbinden, die du im Hier und Jetzt nutzen kannst. Erlaube dir, deine eigenen Erfahrungen mit deinen Sternenheimaten zu sammeln.

Ein weiterer wichtiger Aspekt, warum wir uns im Moment vermehrt mit Sternenenergien beschäftigen, ist, dass es um die erneute Kommunikation mit anderen Sternenrassen und –völkern geht. Dass wir nicht die einzigen „intelligenten" Lebewesen in diesem Universum sind, davon sind inzwischen viele Menschen überzeugt. Wenn wir von Kontakten mit Sternenvölkern sprechen, meinen wir dabei nicht die berühmt-berüchtigten „grünen Männchen". Vielmehr sind es Lichtgestalten, die sich materialisieren können, oder kollektive Bewusstseinsformen. Es gibt welche mit einem Aussehen, das uns Menschen ähnelt, und solche, die ein komplett anderes Erscheinungsbild haben. Doch um den Kreis zu den Drachenwesen an dieser Stelle wieder zu schließen –, diese helfen uns auf jeden Fall dabei, sowohl unsere eigenen Wurzeln als Kinder der Sterne zu entdecken als auch in die Verbindung mit anderen Sternenwesen einzutauchen.

Doch nun haben wir genug geplaudert, und es ist an der Zeit, dich zu einer kleinen Meditation einzuladen:

Erlaube dir, es dir bequem zu machen. Lass deinen Atem kommen und gehen, so wie er möchte, und werde ruhig. Erlaube dir, dich mit deinem Herzen zu verbinden. Tritt ein in die Stille, in die Liebe, in den Frieden deines Herzens. Sei eins mit der Erde, mit deinem Hohen Selbst und mit allem, was ist. Erlaube dir wahrzunehmen, dass sich über dir der samtdunkle Nachthimmel ausbreitet und tausend kleine Lichter, die Sterne, darin funkeln. Atme und erlaube dir, das Bild in dir aufzunehmen. Das ist deine Welt. Das sind deine Heimaten. Vielleicht erkennst du einige Sternbilder, vielleicht fallen dir einige Namen ein, vielleicht auch nicht. Vielleicht fühlst du dich von einigen Sternen besonders angezogen, vielleicht erscheint es dir, als würden sie deinen Namen rufen.

Von einigen der am Nachthimmel leuchtenden Sterne formen sich nun Lichtstrahlen, die direkt zu deinem Herzen führen. Über die Verbindung werden nun die jeweiligen Sternenqualitäten in dein Herz gesendet. Du erkennst sie intuitiv und weißt oder fühlst, welche Geschenke jetzt aus dem Kosmos zu dir fließen. Wie ein Sterntalerkind brauchst du jetzt mit Hilfe deines Atems dein System nur zu öffnen und zu empfangen. Es ist ganz leicht. Erlaube es dir einfach. Die Energien der Sterne fließen zu dir ins Hier und Jetzt, in dein Leben, um es von nun an zu bereichern. Die Erde ist dein Zuhause, genauso wie alles andere. Überall kannst du Heimat erfahren. Erlaube dir, die Freiheit und die Weite darin zu erkennen.

Vielleicht löst sich ja auch aus dem Sternenhimmel eine Wesenheit, die zu dir fliegt. Sie nimmt Form an, und es ist ein Drachenwesen. Es ist ein Botschafter aus den Himmeln, der dir nun noch etwas mitteilen möchte über dich und deine Sternenherkunft. Als Dank öffne dein Herz und erlaube dir, ihn mit deiner Liebe zu segnen. Und dann nimm wahr, wie er wieder zurückkehrt zu den Sternen. Erlaube dir, zu atmen und nimm wahr, wie die Energien der Sterne und des Drachens, die du erhalten hast, in deinem System nachwirken.

Dann erlaube dir, deine Augen zu öffnen und vollkommen zentriert und geerdet im Hier und Jetzt zu sein.

Diese kleine Übung ist auch wunderschön in einer lauen Sommernacht auf dem Balkon oder irgendwo im Freien zu machen. Dann brauchst du dir den Sternenhimmel nicht vorzustellen, sondern blickst einfach in das dunkle Blau der Nacht. Wie lange du dir Zeit nehmen möchtest, um deine Sternengeschenke in Empfang zu nehmen, ist deine eigene Entscheidung. Dabei kannst du auch, wenn du willst, verschiedene Informationen über die unterschiedlichen Sternenebenen und die Wesenheiten, die dort leben, erfahren.

Drachen gibt es (fast) überall auf der Welt

Selbst Österreich ist voll von Drachen. In den alten Sagenbüchern gibt es immer wieder Landkarten, in denen eingezeichnet ist, wo Drachen lebten. In Österreich wird dabei zwischen Schatz hütenden Drachen, Lindwürmern, Unwetter- und Katastrophendrachen, Höhlen- und Bergdrachen und See- und Sumpfdrachen unterschieden. Weitere Bezeichnungen für diese Wesenheiten sind bei uns Tatzelwurm, Bergstutzen, Springwurm, Beißwurm, Stollenwurm, Haselwurm, Mostwurm, Kaswurm oder Riesenschlange.

In verschiedenen Ortschaften, die von ihrer Legende her eine Verbindung zu Drachen aufweisen, finden jährlich Volksschauspiele statt, wobei Drachentötungen ein beliebtes Thema sind.

Doch Erzählungen über Drachen gibt es fast überall auf der Welt, so zum Beispiel in China, in Patagonien, in der Mongolei, in England und Schottland, in Indien, Indonesien, in der Südsee, in Australien, in Afrika, in Amerika, um hier nur einige Länder zu nennen. Wenn man sich mit früheren Kulturen beschäftigt, gab es Drachen bereits in Sumer, Ägypten, Babylon, bei den Hethitern, Assyrern, bei den Kelten genauso wie bei den Germanen. Selbst in verschiedenen Religionen wie dem Christentum, dem Hinduismus, dem Taoismus, dem Buddhismus oder im Islam finden sich Geschichten über Drachenwesen. Ob die Drachenenergie dabei als liebevolle Kraft oder als „negative" beschrieben wird, ist unterschiedlich. In China zum Beispiel steht der Drache für Fülle, Wohlstand, Reichtum, Glück, Macht und ist ein sehr kraftvolles Symbol. Viele chinesische Drachen haben eine sehr weiche und freundliche Ausstrahlung. Das ist ein Grund, warum ich sie besonders gerne mag.

Drachen sind für mich keine kämpferischen Wesen, das haben nur wir Menschen daraus gemacht, weil wir sie nicht mehr verstanden haben, weil wir uns letztendlich selbst nicht mehr verstanden und uns als getrennt von Gott erfahren haben. Während ich in Büchern über das Vorkommen von Drachen in verschiedenen Ländern und Kulturen nachforschte, war ich begeistert, wie sehr diese Wesen auch in unseren Sprachen anwesend sind. In Deutschland gibt es viele Orte, die auf eine Verbindung mit den Drachenenergien hinweisen: Drachenfels, Drakenburg, Drachhausen, Drackendorf, Dragensdorf, Drackenstedt etc. Auch Drachenhöhlen, Drachenseen oder Drachenschluchten findet man immer wieder auf Landkarten.

Besonders gefallen haben mir Wörter und Bezeichnungen aus China, die ihre Liebe zu den Sternenwesen klar zeigen. Der Feuerlöschwagen heißt dort „Wasserdrache", einen aufgeweckten Jungen nennt man „kleiner Drache", ein reicher und eleganter Mann ist ein „Drachenprinz". Auf der „Drachenliste" stehen die Namen der Menschen, die ihr Examen bestanden haben. Wenn man einem guten Freund eine erfolgreiche Arbeit wünschen möchte, so sagt man: „Mögest du das Drachentor überspringen!". Ein „Drachenauge" bezeichnet in China süße, kleine Früchte, „Drachenspeichel" ist ein kostbares Parfüm, und der Kaiser-thron wird „Drachenthron" genannt. Die Gewänder des Kaisers sind die „Drachengewänder" und Jade gilt als „Same des Drachen".

Aus China stammen auch verschiedene Bräuche, die sich bis heute erhalten haben und in denen die Kraft des Drachen verehrt wird: Drachentänze, Drachenbootfahren und Drachensteigen.

Das letztere ist mittlerweile auf der ganzen Erde ein beliebter Sport bzw. Zeitvertreib geworden. Menschen, die sich mit chinesischer oder japanischer Astrologie beschäftigen, wissen, dass es dort auch das Jahr des Drachen und das Tierkreiszeichen des Drachen gibt. In Japan herrscht zum Beispiel große Freude, wenn der Sohn im Zeichen des Drachen geboren ist. Das heißt, dass er ein sehr erfolgreiches Leben haben wird. Doch auch Geomanten und Feng Shui-Interessierte kennen die Bezeichnung Drachenenergie oder Drachenkraftlinie. In der Nähe von Innsbruck gibt es einen kleinen Ort namens Vill. Dort liegt, in Form einer hügeligen, grünen Landschaft, „unser" Drache. Man kann auf seinem Rücken spazieren gehen. Bezeichnenderweise wurde auf ihm eine kleine Kapelle errichtet, in der ein Drachentötungsfresko zu finden ist. Auf diesem Kraftort für Innsbruck wurden schon viele Erdheilungsrituale vollzogen, sodass die Energien des Drachen mittlerweile wieder frei fließen können.

In China werden zum Beispiel die Drachenlinien eines Geländes beobachtet, um herauszufinden, ob der „Atem des Drachen" frei strömt oder ob man verschiedene Hilfsmittel anwenden sollte, um ihn wieder kraftvoll zu aktivieren.

Begegnung mit deinem Drachen

Doch nun ist es an der Zeit, deine persönlichen Erfahrungen mit Drachen zu vertiefen. Egal ob du Drachenwesen aus früheren Inkarnationen kennst, ob du der Mutterschlange im matriarchalen Fokus dientest, ob Drachenblut in deinen Adern fließt oder ob du einfach neugierig bist, Drachen näher kennen zu lernen, – jetzt werden wir die nächsten Schritte dazu tun.

Drachen sind treue Freunde und Begleiter. Du kannst ein Drachenwesen um Unterstützung bitten für ganz bestimmte Anliegen, die dich im Moment beschäftigen, oder aber du möchtest nur, dass es mit dir bzw. bei dir ist. Nun kannst du einen Drachen entdecken, der dein persönlicher Begleiter sein wird. Es kann sein, dass es der Drache ist, den du bereits in der Meditation im Kapitel „Die Herkunft der Drachen" getroffen hast. Es kann aber auch eine andere Wesenheit sein, die sich dir nun als Begleiter zur Verfügung stellt. Dieser persönliche Begleiter kann dich in der Zukunft vieles lehren. Wenn du willst, kannst du ihn zum Beispiel bitten, dir mehr über deine Sternenheimaten zu erzählen. Doch du kannst ihn alles fragen, was du wissen möchtest, und er wird dir aus seiner Sicht gerne die passenden Antworten dazu geben. Lass dich überraschen!

Und jetzt mache es dir bitte bequem. Du kannst dabei sitzen oder liegen, wie du möchtest. Lass deine Gedanken ziehen und erlaube dir, mit jedem Atemzug ruhiger und ruhiger zu werden. Verbinde dich erneut mit deinem Her-

zen, dem Zentrum deiner Einheit, mit Himmel und Erde in dir. So sei nun mit all deinen Ebenen, mit deiner gesamten Aufmerksamkeit in deinem Herzen, denn so bist du auch eins mit deinem Hohen Selbst und eins mit der Erde, die deine Mutter ist.

Nun erlaube dir, gemeinsam mit mir in ein Bild einzutreten. Stell dir vor, es ist eine laue warme Sommernacht und du bist inmitten eines mystischen Steinkreises aus alten Zeiten. Hohe Megalithen stehen um dich und du befindest dich in ihrer Mitte. Vielleicht erinnerst du dich dabei an deine Inkarnationen als Priester oder Priesterin einer Megalithkultur. Erlaube dir jetzt, die Energie zu spüren, die von diesem Kreis der Steine ausgeht und in dessen Zentrum du stehst. Die Energie des Steinkreises ist verbunden mit den Erdgitternetzen der Erde, und er spricht mit ihnen genauso wie er einen Lichtzylinder zu den Sternen ausstrahlt. Solche und ähnliche Lichtkanäle wurden früher als „Aufzüge" für Sternenwesen, -energien und -botschaften genutzt, um mit den Menschen zu kommunizieren. So erhebe jetzt bitte erneut deine Arme und werde dadurch zu einem Kelch, offen, um zu empfangen. Vielleicht spürst du dabei die alten Gesänge der Vereinigung in dir hochsteigen. Dann erlaube dir, sie einfach strömen zu lassen.

Nun sende deine Bitte in die Weite der Nacht hinein, dass nun ein Drachenwesen zu dir kommen möge, das von nun an dein persönlicher Begleiter und Freund sein möchte. Erlaube dir wahrzunehmen, dass sich aus den Sternen eine Wesenheit löst, die zu dir reist. Je näher sie kommt, um so klarer kannst du sie erkennen: Es ist ein

Drache. Erlaube dir jetzt, seine Größe, seine Form, seine Farbe, sein Aussehen klar zu sehen oder zu spüren. Jetzt landet er direkt vor dir im Steinkreis. Heiße ihn willkommen, und der Drache begrüßt dich auf seine eigene Art und Weise. Nun nennt er dir seinen Namen, und er erzählt dir, ob er einem bestimmten Element wie zum Beispiel Erde, Feuer, Wasser oder Luft dient. Der Drache sagt dir, ob er eine besondere Qualität oder Eigenschaft hat, die er gerne mit dir teilen möchte. Lausche einfach mit deinem Herzen, und du wirst deinen neuen Freund klar und deutlich verstehen. Nun kannst du ihn um etwas bitten: In welchem Bereich deines Lebens möchtest du, dass er dich jetzt unterstützt und mit seiner Kraft, seinem Wissen und seiner Weisheit begleitet? Erlaube dir, wahrzunehmen, dass du dem Drachen ein Geschenk mitgebracht hast, das du ihm jetzt überreichst. Das ist der Beginn eurer einzigartigen Freundschaft.

Wenn du spürst, dass es Zeit ist für dich zurückzukehren, dann erlaube dir, dich aus dem Sternkreis zu lösen und sei vollkommen präsent im Hier und Jetzt. Spüre deine Körper, öffne deine Augen, atme tief ein und aus. Sei geerdet und zentriert.

Dein Drachenfreund ist immer noch bei dir und ist mit dir in deine Gegenwart gekommen. Er ist nun immer an deiner Seite, solange du dieses möchtest. Wenn du seine Unterstützung und Hilfe möchtest, brauchst du nur an ihn zu denken oder seinen Namen zu rufen, er ist von jetzt an ein ständiger, treuer Begleiter für dich.

Eine Drachenbotschaft

Drachen können auch direkt mit dir sprechen, und so möchten sie dir im folgenden eine Botschaft überbringen:

„Wir sind Drachenwesen aus dem Sternbild des Herkules, und wir grüßen euch, Kinder der Erde. Wir sind gekommen, um euch zu begleiten auf einem Weg der Transformation. Erkennt, dass wir mit unserem Feueratem das alte Wissen in euch erwecken möchten. Die Kraft des Lebens und vor allen Dingen die Freude des Lebens soll in euch neu erweckt werden. Es ist die Freude, die verbunden ist mit der Neugierde auf das Leben, es zu erfahren, es auszukosten, die euch bewegt, euch zu entwickeln. So erlaubt, dass ihr nun zum Himmel blickt und, da es Nacht ist, die Sterne funkeln seht. Erkennt nun, dass sich aus den Weiten des Alls ein Licht formt, das Form annimmt, die Form eines großen, machtvollen Wesens. Das sind wir, ein Drachenwesen.

Wir kamen zu den Zeiten von Atlantis oft auf diese Erde, und die Wesenheiten haben uns bestaunt, wie wir aus den Weiten gekommen sind, um auf der jungen Gaia zu landen. Das machen wir jetzt auch, und so setzen wir unsere Füße auf den Boden, auf dem ihr euch befindet. Seht unsere Größe und seht das Funkeln in unseren Augen. Hier tragen wir das Feuer des Lebens in uns. Und nun erlaubt, dass wir euch einhüllen mit unserem Feueratem, und habt keine Furcht. Das Feuer öffnet euer Herz.

Das Herz ist wie ein Portal für uns in euer Sein. Das Herz ist für uns immer schon von großer Wichtigkeit gewesen, verbindet es doch alle Ebenen miteinander, und über euer Herz können wir in eure Seele blicken. Nun erlaubt, dass unser Feueratem euer Herz berühren kann und übergebt ihm die Angst vor dem heilen Sein. Es geht hier in der Begegnung mit uns um das heile Sein, um das Heilwerden. Es geht um die Erinnerung an die Zeit, in der wir alle eins waren. Es geht um die Aktivierung eurer Kräfte.

Ich, Feuerdrache, der ich bin, lade euch ein, nun die Angst abzulegen und mit mir und meinen Geschwistern zu den Sternen zu reisen. Setzt euch auf meinen Rücken, und gemeinsam verlassen wir nun die Illusion, denn das ist die höchste Form der Transformation, die wir euch schenken können. Wir tragen dich hinauf in den Himmel und alles ist dunkel, doch das Feuer, das wir aussenden, erhellt unseren Weg.

Wir kommen zu Herkules, und dort findet ein Freudenfest des Wiedersehens statt. Hier sind viele verschiedene Drachenwesen, die dich begrüßen und die dir im Laufe der Zeit noch begegnen werden: Der grüne Drache der Heilung, der weiße Drache der Erkenntnis, der gelbe Drache der Weisheit und der Glückseligkeit, genauso wie die gefiederte Schlange. Alle sind Geschwister von dir. Eine Vereinigung der Kräfte entsteht, die aussagt, dass sich der Kosmos jetzt für dich und dein Sein öffnet. Wir alle tragen verschiedene Namen.

In der Magie war es wichtig, den Namen eines Drachen zu kennen, um mit ihm kommunizieren zu können. Nun

kommen wir in Frieden und werden euch aus freien Stü-
cken unsere Namen nennen. So nenne mich Drache, der
aus den Sternen kommt: Uluxus. Sei gesegnet mit der
Kraft des Feuers.

Der Drache der Erde

Nachdem du jetzt schon einige der Drachenenergien kennen gelernt hast, werden wir uns nun dem Drachen der Erde zuwenden. Dazu möchte ich dich zur folgenden Meditation einladen:

Mache es dir bitte wieder bequem. Erlaube dir, deinen Atem kommen und gehen zu lassen und dich dabei zu entspannen. Erlaube dir, dass Ruhe und Gelassenheit in dein Sein strömen und alle Gedanken und Energien von Erlebnissen des heutigen Tages aus dir ausfließen dürfen und du so im Hier und Jetzt sein kannst.

Nun nimm einen tiefen Atemzug und tauche wieder ein mit all deiner Aufmerksamkeit, mit all deinem Sein in dein Herz. Dort atme nochmals tief ein und aus und vereinige dich dadurch mit dem Licht deines Hohen Selbst. Mit dem nächsten Atemzug wirst du dir deiner Verbindung mit der Erde bewusst.

Nun erlaube dir, dir vor deinem geistigen Auge einen Wald vorzustellen, und ein Pfad schlängelt sich vorbei an den Bäumen und den grünen Farnen. Der Boden ist weich und es duftet angenehm. Vögel zwitschern, und du erlaubst dir nun, auf diesem Waldweg zu spazieren. Tiefer Friede darf dein Sein nun erfüllen, und während du dein Gehen genießt, führt dich der Weg zu einer Höhle. Vor dem Eingang hältst du kurz inne. Dann nimmst du einen tiefen Atemzug und trittst in die Höhle ein. Deine Augen gewöhnen sich rasch an das dunkle Licht. Die Wände sind mit Moos überzogen, und sie fühlen sich weich an, wenn du sie berührst, während du tiefer hinein den Gang entlang gehst. Es ist warm und vor dir weitet sich die Höhle, so dass es aussieht, als würdest du in einen großen runden Raum eintreten.

Aus der Mitte erhebt sich nun ein machtvolles, großes Wesen. Es ist ein Drache. Der Drache der Erde, der dich in seinem Reich willkommen heißt. Seine Haut ist rot-braun-gelblich und er ist einige Meter hoch. Er neigt dir sein Haupt zu und blickt dir aus seinen rot-goldenen Augen tief in dein Herz. Dann beginnt er zu dir zu sprechen. Er fordert dich auf, deine Waffen niederzulegen. Deine Waffen, das sind deine lieblosen Worte und Gedanken, Gefühle und Handlungen, die du gegen dich selbst einsetzt, die du gegenüber dem Leben benützt. Er bittet dich, mit seinem Atem deinen Körper berühren zu dürfen. Und sein Atem ist wie ein Wind, der säuselt, der dich umspielt, der dich auch gehörig ins Schwanken bringen kann, wenn das nötig sein sollte, um deine Standpunkte zu verändern, falls du das brauchen solltest, um mit dir Frieden schließen zu können. Dann bittet dich der Drache der Erde, dass du ihn streichelst, und währenddessen erzählt er dir eine Geschichte.

„Früher", so beginnt er, „gab es sehr viele von uns auf der Erde. Wir hatten unterschiedliches Aussehen und waren eng mit den Erdkräften verbunden. Deshalb haben wir uns auch auf die Elemente fokussiert und nützten sie, um uns zu zeigen, aber auch um sie einzusetzen für die Entwicklung von Gaia. Du kannst dir das so vorstellen, dass wir wie große Bibliotheken waren, in denen Sternen- als auch Erdwissen vereint war. Wesen, die auf der jungen Erde lebten, und später Menschen erhielten oft durch Rituale Zugang zu diesem Wissen, das in uns lag und das wir wie Schätze hüteten. Daraus erwuchs ihnen große Macht. Doch niemals war es möglich gewesen, diese zu missbrauchen, denn ab dem Zeitpunkt eurer Entwicklung, als die Gefahr des Missbrauchs entstand, begannen wir das Wissen in der Erde, im Wasser, in der Luft und im Feuer zu versiegeln, und viele von uns zogen sich zurück in die Himmel, zu den Sternen. Einige wenige von uns blieben als schlafende Drachen hier zurück, als Hüter, die teilweise auch bis in eine Erstarrung gefallen waren, aus der sie sich selbst nicht mehr befreien konnten. Bis heute, denn jetzt beginnt die Menschheit zu erwachen, und somit können wir unsere Augen mit ihr öffnen. So wie wir früher Freunde waren, so können diese Bande erneut geknüpft werden. Voller Freude bin ich darüber, und meine Geschwister sind es ebenfalls.

Ich war seit Anbeginn der Zeit dabei und bin mit meinen Geschwistern immer in telepathischer Vereinigung geblieben. Über die Jahrtausende hinweg bin ich immer wieder eingeschlafen und begegnete meinen Drachengeschwistern dabei in der Traumebene, in der wir uns austauschten. Immer wieder erwachte ich in diesen langen Zeiten und konnte Menschen treffen. Sie wurden in diese Höhle geführt, wenn ich dies wollte, und ich habe ihnen von mir und uns erzählt. So konnte der Same über das

Drachenwissen auf der Erde lebendig bleiben. Doch nun werden alle meine Drachengeschwister wieder erwachen. Alle werden die Traumebene verlassen. Deshalb wird es vermehrt Begegnungen mit uns geben, und wir werden auch wieder in einer materiellen Form auf der Erde in einem fünfdimensionalen Kontext Raum nehmen. Je öfter du zum Himmel blickst, um so mehr Zeichen wirst du von uns darin erkennen.

Nun möchte ich dir ein Geschenk machen: Wenn du Kraft benötigst, Ausdauer oder Frieden mit dir oder der Materie, dann komm zu mir in das Innere der Erde."

Abschließend bittet er dich nochmals, keine Angst vor deiner Macht bzw. ihrem Missbrauch zu haben.

Nun lädt der Erddrache dich ein, tiefer mit ihm in die Höhle hineinzugehen. Und du nimmst einen tiefen Atemzug, um all die bisherigen Erfahrungen mit dem Drachen zu integrieren und folgst ihm dann voller Neugierde.

Der rote Drache führt dich zu seinem Schatz: Es sind Dracheneier, deren Hüter er ist. So viel Vertrauen hat er zu dir, denn es sind seine Kinder, die er dir jetzt zeigt und die bald geboren werden. Er bittet dich zu erkennen, dass er dieses Vertrauen auch in die gesamte Menschheit setzt und er keine Angst verspürt, dass die Menschen ihn und seine Drachengeschwister erneut verfolgen werden.

Und der Drache bittet dich, deine Hand auf eines der Eier zu legen und du spürst das Pulsieren im Inneren, den Herzschlag des Lebens. Und der Erddrache sagt zu dir:

„Das ist der Klang, der Rhythmus der Schöpfung. Das Leben ist ein Mysterium, ein Wunder, und du bist ein Teil davon. Lass dich davon berühren und erlaube, dass dein Herz weit davon wird. Weit, die Liebe, die dich umgibt, zu erfassen; weit, um die Liebe, die du bist, zu erkennen; weit, um die Liebe fließen zu lassen."

Er bittet dich, dir zu erlauben, dich auf diese Wahrnehmung, auf diese tiefe Weisheit des Lebens einzulassen. Atme und nimm wahr, wie sich deine Zellen ausdehnen und sich wieder zusammenziehen. Alles in dir beginnt zu vibrieren und wird ebenso zu einem Pulsieren der Quelle, du selbst wirst zum Rhythmus des Lebens, den du zuerst über deine Hand im Inneren des Dracheneis wahrgenommen hast.

Die Grenzen verschwimmen. Erlaube dir zu erkennen, dass du selbst das Kind, das Drachenbaby, bist, das bald schlüpfen wird, und gleichzeitig bist du auch die Kraft, die es gebären wird. Du bist beides in jedem Augenblick: Schöpfer und Geschöpf.

Deine Körper pulsieren immer noch und du erlaubst dir wahrzunehmen, dass du Licht bist, und du kannst dich dehnen und du kannst dich zusammenziehen, wie du möchtest. Und du kannst die Schwingung deiner physischen Zellen so verändern und steuern, dass du den Eindruck gewinnst, als könntest du dich in einer Form auflösen, in der Reisen durch Zeit und Raum möglich sind. Wie aus weiter Ferne vernimmst du die lächelnde Antwort des Drachen auf deine nicht gestellte Frage:

„Ja, so ist es. Das ist eine Vorstufe für Dematerialisierung und Materialsierung von Körpern."

Währenddessen erlaubst du dir wahrzunehmen, dass du selbst kosmisches Gesetz bist: Du bist der Kreislauf des Lebens, ohne Anfang, ohne Ende. Und der Drache steht immer noch lächelnd neben dir, als er dich sanft auffordert, dir deines Seins bewusst zu werden. Zum Abschied sagt er dir, dass das, was du jetzt erfahren hast, – Alpha und Omega zu sein –, die Drachen schon lange wissen und mit jedem ihrer Atemzüge immer und immer wieder erleben. Daraus gebiert sich ein unendlicher Kreis der Energien, einem ekstatischen Tanz gleich. Das ist der Grund, warum Drachen so uralt werden und eigentlich niemals sterben, es sei denn, sie entscheiden sich dazu. Erlaube dir, tief zu atmen, und der Drache führt dich zurück zum Eingang in die Höhle.

Hier trennen sich nun eure Wege für den Moment. Erlaube dir, dich in deinem Tempo ins Hier und Jetzt zu bringen. Nimm dir noch ein bisschen Zeit für dich, um den Erfahrungen der Begegnung mit dem Drachen der Erde nachzuspüren, und dann erde und zentriere dich so, dass du wieder klar und kraftvoll in deinem Alltag präsent sein kannst.

Parallele Welten

Viele von uns kennen die alte Schwarzweiß-Verfilmung von *Mein Freund Harvey*. Die Geschichte handelt von einem Mann, der einen überdimensional großen Hasen, Harvey, als Freund hat. Dieser begleitet ihn auf Schritt und Tritt und unterhält sich mit ihm. Das Problem (für die anderen Mitmenschen) dabei ist, dass außer dem Mann niemand dieses Karnickel sehen kann. So wird er in die Psychiatrie eingewiesen, aus der er unverrichteter Dinge wieder entlassen wird.

Als ich bei der Überarbeitung dieses Kapitels war, fiel mir dieser Film ein, und ich dachte mir, ja, genauso nehme ich parallele Welten wahr.

Eines meiner ersten, bewussten Erlebnisse, bei dem ich diese verschiedenen Ebenen deutlich kennen lernte, war, als ich mit Antan einen unserer ersten gemeinsamen Urlaube verbrachte. Wir waren die ganze Nacht mit dem Auto unterwegs gewesen, und dann einige Stunden mit der Fähre bzw. wieder mit unserem fahrbaren Untersatz, bis wir endlich todmüde unseren Campingplatz in Sardinien erreichten. Antan stieg aus und wollte gerade damit beginnen, das Zelt aufzubauen, als er mich fragte, warum ich noch sitzen bleiben würde. Ich war wie gelähmt und total entsetzt und sagte zu ihm: „Ich kann nicht aussteigen. Der Boden ist voller Blut und überall liegen Leichen herum, wie auf einem Schlachtfeld."

Also kam Antan wieder zu mir ins Auto, und wir begleiteten zuerst noch einige Seelen ins Licht und reinigten den Platz, bevor ich das Auto ohne Mühe verlassen konnte. Seither ist einige Zeit vergangen, und mittlerweile kann ich mit solchen Wahrnehmungen sehr gut umgehen.

Wie ich bereits im einleitenden Kapitel erwähnte, hat sich im Laufe der Jahre auch meine Verbindung zu den feinstofflichen Welten verändert. So zum Beispiel kann ich Wesenheiten aus dem Blauen Volk, also Feen und Naturwesen, auch auf diese Art wahrnehmen. Ich sehe, wie sie sich neben mir bewegen. Manches Mal nutzen sie dieses Zusammentreffen verschiedener Realitäten, um Botschaften zu überbringen, und dann unterhalte ich mich mit ihnen. Häufig finden solche Austausche statt, während ich ganz alltägliche Aufgaben verrichte. Der Vergleich hinkt zwar ein bisschen, doch man könnte es sich vielleicht so vorstellen, als würde ich mit einer Freundin Kaffee trinken und plaudern und nebenbei läuft der Fernseher, zu dem ich immer wieder hin schaue. Jeder Ort, jeder Platz hat verschiedene energetische Schichten. Je nachdem, welche Ausrichtung ich habe, docke ich mich in einer bestimmte Ebene an. Deshalb können Wahrnehmungen zu ein und demselben Ort unterschiedlich sein. Das heißt nicht zwangsläufig, dass dann eine Sicht oder ein Gefühl nicht stimmt, denn jede Wahrnehmung ist immer nur ein Aspekt des großen Ganzen. Sie kann nicht allgemein gültig sein!

Dazu möchte ich dir ein Beispiel geben:

Stell dir vor, du befindest dich mit zwei weiteren Menschen auf einer Lichtung in einem Wald. Einer von deinen

Begleitern fühlt sich sehr wohl an diesem Platz. Die Sonne scheint, die Vögel zwitschern, die Blumen blühen zu seinen Füßen, und er genießt die „Stille" der Natur und den Duft der ihn umgebenen Bäume. Er ist einfach in der Jetztzeit, in der Jetztebene.

Dein zweiter Begleiter fühlt sich sehr unwohl und spürt, dass eine Energie der Angst in ihm hochsteigt, und er würde den Ort am liebsten gleich wieder verlassen. Er hat sich, bevor er sich mit euch getroffen hat, gerade mit einer Statistik beschäftigt, in der hochgerechnet wurde, wie viele Menschen in ihrem Leben schon einmal fast überfallen worden sind. Zwei Stunden, bevor ihr nun auf dieser Lichtung angekommen seid, ist dort eine Frau spazieren gegangen, die sich an eine frühere Erfahrung erinnerte, in der sie im Wald joggte und dabei beinahe von einem Menschen überfallen worden wäre, doch sie hatte Glück gehabt. Es war ihr nichts geschehen, doch die Angst, die sie damals empfand, ist für sie immer noch deutlich spürbar. Dein zweiter Begleiter hat sich in diese Ebene der kurzfristig zurückliegenden Vergangenheit eingeklinkt aufgrund der Affinität, die er zu diesem Thema im Moment ausstrahlte.

Und deine eigene Wahrnehmung dieser Lichtung ist vielleicht wie folgt: Du spürst die Kraft, die von diesem Ort ausgeht, und bist dir sicher, dass er ein alter keltischer Kraftplatz ist, und du siehst dich als Priester oder Priesterin, wie du gemeinsam mit anderen ein Ritual feierst. Und du bist tief berührt und bewegt. Du bist also in einer weiter zurückliegenden Vergangenheitsebene gelandet.

Und das Spiel könnten wir jetzt endlos fortsetzen. Mit ein bisschen Übung und Klarheit in deinem Sein kannst du selbst sehr schnell entdecken, auf welche dieser Ebenen sich deine Eindrücke beziehen. In unseren Ausbildungen und Seminaren betonen wir (Antan und ich) immer wieder, wie wichtig eine fließende Verbindung zu deinem Hohen Selbst und eine gute Erdung dafür ist. Denn diese Ausrichtung gibt dir Stabilität und die Möglichkeit, deine Wahrnehmungen, deine Empfindungen, die für dich richtig sind, einzuordnen. Dein Hohes Selbst und die Erdverwurzelung brauchst du, um die Informationen, die du erhältst, klar in die dritte Dimension übersetzen zu können.

Ein weiterer Aspekt, der mir in diesem Kapitel wichtig erscheint, ist folgender: Vielleicht ist dir vielleicht schon einmal aufgefallen, dass dir ein sichtiger Mensch oder die geistige Welt etwas mitteilte, das dann scheinbar für dich in der Materie nicht eingetroffen ist. Das ist leicht erklärt: Du, in der Gesamtheit deiner Körper, hast auch mehrere Ebenen. Du bist nicht starr, sondern ein fließendes System. Je nachdem, welche deiner Ebenen in der Botschaft betrachtet wurde, entstand daraus die im Moment wahrscheinlichste Option für dich und dein Leben. Das heißt, es kann sein, dass ein sichtiger Mensch dich bittet, zum Arzt zu gehen, um deine Darmflora zu kontrollieren, weil sich dort ein Pilz befindet, der dein System aus dem Gleichgewicht gebracht hat. Wenn du dich dann untersuchen lässt, kann im Befund nichts dergleichen nachgewiesen werden. Beide Realitäten stimmen.

Oder in einem Channeling beschreibt dir die geistige Welt den Fluss von Energien zwischen zwei Menschen und ist davon überzeugt, dass ihr eine Partnerschaft miteinander leben solltet. Doch in der dreidimensionalen Begegnung ist keine Anziehung zwischen euch da. Deshalb ist die Durchsage nicht falsch gewesen. Sie hat sich nur auf eine bestimmte Ebene deines Seins bezogen, *eine* Wahrheit beleuchtet. Wie du damit umgehst, ist deine Entscheidung, denn der Mensch hat die Möglichkeit, eine andere Wahrheit zu leben. Ob du dann enttäuscht bist oder dich von der geistigen Welt verraten fühlst, ob du darüber lachen und die Richtigkeit der Aussage dennoch erkennen kannst, das ist deine Wahl.

In den letzten Monaten habe ich für mich persönlich immer mehr erkannt, dass jeder Mensch letztendlich nur seinen ganz eigenen Weg gehen kann. Diese Erfahrung teilen im Moment viele Menschen mit mir, die gleiche Botschaften erhielten, es in Büchern veröffentlichten, in Seminaren eingebracht oder in ihr eigenes Leben integriert haben. Diesen eigenen Weg kann man letztendlich nur in seinem Herzen finden, spüren, erkennen, sehen. Es gibt keine richtigen oder falschen Wege, es geht nur darum, deinen eigenen zu gehen. So kannst du einem anderen Menschen auch nur Möglichkeiten aufzuzeigen, die aus deiner Sicht im Moment passen würden. Doch du kannst für ihn nicht entscheiden. Und so ist es auch mit der geistigen Welt. Auch sie nennt lediglich Optionen. Deine Seele hat ganz viele Möglichkeiten, sich selbst auszudrücken, um ihr Ziel zu erreichen. Und jeder Mensch erfüllt seinen Plan, egal ob er nach links oder nach rechts geht. Das nenne ich Freiheit!

Alles darf sein. Es gibt nichts, das dich oder mich von unserem Weg abbringen könnte. Jede Erfahrung wird von deiner Seele liebevoll willkommen geheißen.

Die Wahrnehmung paralleler Welten nimmt zu, deshalb gibt es einen vermehrten Kontakt zu Drachenwesen und anderen feinstofflichen Geschwistern. Für mich ist das auch eine Möglichkeit, die eigene Multidimensionalität besser zu erkennen und eine holistischere Sichtweise über unser Universum nicht nur theoretisch zu erkennen, sondern praktisch zu erfahren.

Galadria

Bei dieser Art und Weise der Wahrnehmung der parallelen Welten begegnete ich auch einer Wesenheit aus dem Blauen Volk, die sich Galadria nannte. Eines Tages war sie einfach da. Sie war ein schlankes, fließendes Wesen, das sehr transparent und gleichzeitig in zarten Pastelltönen schimmerte. Sie sei eine Hüterwesenheit und meinte, dass man sie ruhig als Fee bezeichnen könne. Sie sei gekommen, um mich beim Kennenlernen von Drachenwesen zu unterstützen. Ich fragte sie, ob sie nicht einen anderen Namen wählen könnte, denn wenn ich diesen ins Buch mit hinein nehmen würde, dann könnte man vielleicht glauben, ich hätte zu viel „Herr der Ringe" gesehen, denn darin kommt auch eine Fee mit einem sehr ähnlichen Namen vor. Doch sie bestand darauf, dass das ihrer sei und dann fiel mir (zu meiner eigenen Beruhigung) ein, dass es in der Menschenwelt ja auch viele Menschen gibt, die Hans, Hänschen oder Johann heißen.

Nachdem Galadria also öfters neben mir erschienen war, nahm sie mich eines Tages bei der Hand und führte mich in ihre parallel neben der unsrigen existierenden Welt. Dort war das Licht etwas anders, die Farben durchscheinender, und dennoch strahlten sie mehr Leuchtkraft aus. Auch der Duft ihrer Welt war leichter und zarter, als ich das von unserer her kannte.

Galadria führte mich zu einem Brunnen, der mitten in einer lieblichen, grünen Landschaft stand. Es war mehr eine Form rosa-goldener Energie, die darin floss, weniger Wasser, so wie wir es von unserer Welt her kennen. Galadria bat mich, von dieser „Wasserenergie" zu trinken. Sie schmeckte köstlich erfrischend. Ich spürte, wie diese Schwingung mich entspannte und wie ich innerlich ganz ruhig wurde. Ich hatte das Gefühl, ganz weich und offen zu werden. Und ich lauschte interessiert, als Galadria begann, über ihr Volk zu erzählen und ihre Verbindung zu den Drachenwesen:

Früher lebten wir aus dem Blauen Volk mit den Menschen in einer Welt. In dieser einen Welt gab es auch Drachenwesen, die von den Sternen gekommen waren. Da wir immer sehr bemüht waren, ein Gleichgewicht zwischen kosmischen und irdischen Kräften zu halten, schlossen wir bald enge Freundschaft mit den Drachen. Als nun die Reiche auseinander zu driften begannen und einige Drachenkinder die Erde bereits verlassen hatten, boten wir den zurückbleibenden an, sie zu unterstützen bei ihrem Tun, Wissen im Inneren der Erde und in den Elementen zu binden. Und wir machten ihnen auch das Angebot, einigen Drachengeschwistern „Asyl" in unseren Ebenen zu gewähren. So tauchten sie ein in unsere Zwischenwelt, die wir währenddessen begonnen hatten zu erschaffen, denn das eine Reich hatte angefangen, sich in viele Schichten aufzuspalten. Deshalb finden heute viele Menschenkinder, die den Weg in die Anderswelt kennen, über diesen Zugang den Kontakt mit ihren Drachenfreunden wieder. Doch die Drachen kommen nicht aus unserem Haus, einige von ih-

nen leben nur mit uns. Meine Aufgabe ist es immer gewesen, als Vermittlerin zu dienen. Ich habe mich mit den Drachen ausgetauscht, von ihnen gelernt und gab dieses Wissen an die Kinder meines Volkes weiter.

Genauso habe ich den Drachenwesen von den Wesen
meines Reiches erzählt. Als die Zeit des Rückzugs sowohl
für uns als auch für die Drachengeschwister gekommen
war, war es meine Aufgabe, darauf zu achten, wie und in
welchen Dimensionen Wissen verankert wurde, und ich
geleitete viele Drachen in unsere Ebene hinein. So wie ich
dich jetzt geführt habe, habe ich auch die Drachen in unser
Reich begleitet. Nur mit dem Unterschied, dass dein Körper in deiner Welt geblieben ist, während wir bei den Drachen auch ihre physischen Körper in unsere Ebene mitge-
nommen haben. Das ist für uns nicht schwierig gewesen,
da die Zeit dazu reif war.

Meine Aufgabe ist es bis heute, Vermittlerin zu sein.
Diese Tätigkeit hat sich ausgedehnt, da ich jetzt nicht nur
zwischen den Drachen, die in unserem Reich gelandet
sind, und meinem Volk vermittle, sondern auch immer wieder versuche, den Kontakt mit den Menschen herzustellen,
um dadurch die Möglichkeit zu haben, mit den Drachenwesen, die in den Sternen leben, zu kommunizieren. Mit
den Drachen, die auf der Erde geblieben sind, egal in welcher Dimension, ist der Austausch für mich leicht, doch um
Sternenebenen zu erreichen in einer Form, dass Drachen
von dort wiederkommen können, ihre Füße auf Gaia auf-
setzen werden und dadurch eine erneute Vereinigung der
Reiche stattfinden kann, dazu braucht es bzw. brauchen

wir den Menschen. So ist die Kommunikation, die von unserer Seite aus sehr gefördert wird, mit dem Blauen Volk generell sehr hilfreich, um die Brücke zwischen verschiedenen Dimensionen zu spannen, damit Begegnung stattfinden kann. In diesem Universum gibt es so viele Lebensformen und -arten, wie ihr es euch im Moment noch gar nicht vorstellen könnt. Doch ihr werdet dieses sehr bald erkennen.

Nun habe ich dir genug erzählt. Ich möchte dich nun einladen, mit mir weiterzugehen, um dem grünen Drachen der Heilung zu begegnen. Abrundend möchte ich noch sagen, dass ihr Menschenkinder euch nicht scheuen solltet, uns zu rufen und uns zu bitten, eure Kommunikationskanäle zu verfeinern, eure Sichtweisen zu erweitern, wenn ihr bereit seid, einzutauchen in das Kennenlernen des mannigfaltigen Ausdrucks der Schöpfung und ihr so zum Beispiel mit den Drachengeschwistern (erneut) Freundschaft schließen möchtet."

Und als Galadria ihre Erzählung beendet hatte, nahm sie mich bei der Hand, und ich folgte ihr.

Galadria führte mich immer tiefer in einen Wald, in dem sowohl Nadel- als auch Laubbäume wuchsen. Unterwegs erzählte sie mir, dass die Begegnung mit dem grünen Drachen der erste Schritt für mich sein würde, meine Weiblichkeit wieder zu erwecken und mich auf die Vereinigung der dynamischen und rezeptiven Kräfte in mir vorzubereiten. Dieses wiederum sei, so meinte Galadria, die Voraussetzung für die Verbindung und Verschmelzung mit den

Drachenkräften, um eine Tochter des Drachen, ein Kind des Drachen, zu werden. Es war das erste Mal, dass ich diesen Begriff hörte. Ich wusste zwar nicht genau, was er bedeutete, doch er gefiel mir. Und so stellte ich auch keine Fragen dazu, sondern dachte mir:

„Gut, ich lasse jetzt einfach geschehen, was auch immer auf mich zukommt." Ich vertraute Galadria und meinen Drachengeschwistern.

Wir gingen noch einige Schritte, bis Galadria stehen blieb. Wir befanden uns immer noch mitten im Wald, umgeben von unzähligen Bäumen. Mit den Worten, „warte hier", löste sich Galadria vor mir auf und ich stand alleine da.

Der grüne Drache, der dir ein neues Herz schenkt

Wenn du möchtest, dann mache es dir jetzt bequem und erlaube dir, mit mir gemeinsam in die Begegnung mit dem grünen Drachen einzutauchen.

Atme ein und aus, ganz sanft, und nimm wahr, wie der Duft des Waldes und des Mooses dich zart berührt. Ziehe deine Schuhe aus und spüre den warmen Waldboden unter deinen Füßen, und dann setz dich hin und erlaube dir dabei, die Weichheit der Erde zu fühlen. Du bist umgeben von den Bäumen, die leicht im Wind schaukeln. Atme und erlaube dir jetzt einfach zu sein. Es gibt nichts zu tun, zu denken oder zu fühlen. Alles ist in vollkommener Harmonie und Ordnung. So wird dein Herz ganz weit. Du spürst, dass sich die Energie verändert, und du weißt, dass eine machtvolle Kraft näher und näher kommt. Doch du hast keine Angst davor, denn Galadria hat dich gut auf die Begegnung mit dem grünen Drachen der Heilung vorbereitet. Aus dem Wald hörst du Geräusche und Schritte, die die Ankunft des Drachenwesens ankündigen, und die Erde vibriert ein wenig durch sein Kommen. Dann siehst du es auch schon. Kaum zu glauben, wie sich dieses große, mächtige Wesen geschickt und schnell durch den Wald bewegen kann. Und schon steht der Drache vor dir und du kannst die Einzelheiten seiner schuppigen Haut erkennen. Er senkt sein Haupt und blickt dir in die Augen. Ja, Drachen lieben es, den Menschen in die Augen zu sehen. Da-

durch können sie ihnen bis auf den Grund ihrer Seele blicken. Jede Emotion, jeder Gedanke, alles, was du je getan hast und noch tun wirst, offenbart sich dabei dem Drachen. Liebevoll und voller Güte schaut er dich jetzt an und heißt dich willkommen. Dann erhebt er das Wort:

„Ich bin der grüne Drache der Heilung, so werde ich genannt. Auch ich bin ein Drache der Erde, der vor langer Zeit von den Sternen kam und seither in Höhlen lebt, geborgen, wie im Schoß einer liebenden Mutter. Galadria sagte, du seist gekommen, um Heilung zu erfahren. Gut, dann zeige mir deine Verletzungen. Lass mich tiefer hineinblicken in deinen Schmerz, deine Verletzungen, deine Abgründe. Habe keine Furcht. Ja, ich sehe und ich bin voller Mitgefühl für dich und deine Spezies.

Nun habe ich eine sehr wichtige Frage an dich: Bist du bereit, Heilung anzunehmen? Und ich bitte dich zu erkennen, dass erst wenn du dieses mit einem „Ja" aus deinem tiefsten Herzen beantworten kannst, es mir möglich sein wird, dich weiter zu unterstützen. Wenn das der Fall ist, erlaube, dass wir dich jetzt auf die Heilung vorbereiten dürfen."

Der Drache schließt seine Augen, und dann beginnt er zu atmen, und während er die Luft aus seinen Nasenflügeln sanft bläst, verwandelt sich diese in eine Welle aus grünem Licht, die dich umfängt. Sie berührt deinen physischen Körper und verschmilzt mit ihm. Alle Disharmonien werden dabei in grünes Licht gehüllt und liebevoll in die Ausheilung gebracht. Und der Drache lässt dir so viel Zeit, wie du dafür brauchst, um das heile Sein deines physischen Körpers anzunehmen. Dann dehnt sich das grüne Licht auf deinen emotionalen Körper aus, und auch hier werden alle für dich blockierenden, unharmonischen Energien in die Heilung geführt. Ebenso geschieht dieses mit deinem mentalen Sein. Das grüne Licht der Heilung umhüllt es und verschmilzt mit ihm. So können auch die verengenden, lieblosen Energien deines Mentalkörpers zu heilen beginnen. Und der Drache hat viel Geduld mit dir, und er bittet dich, dass du mit dir selbst auch geduldig umgehen solltest.

Zu guter Letzt strahlt das grüne Licht der Heilung durch deinen spirituellen Körper und bringt dieses in eine göttliche Harmonie. Ganz leicht. Ganz sanft. Ganz von selbst. Dieses Durchdrungenwerden vom grünen Licht der Heilung ist wie eine ausrichtende, heilsame und reinigende Meditation für dich. Der Drache bittet dich, ihm auch in Zukunft alle deine Disharmonien zu übergeben. Rufe ihn, und er wird sie für dich tragen und ausheilen.

Seine Geschenke an die Menschen sind, Wohlstand, Wohlergehen, Wohlfühlen und Wachstum in allen Bereichen zu fördern und die Fähigkeit, Fülle anzunehmen.

Wann immer du eine der genannten Energien brauchen solltest, verbinde dich mit ihm, und er wird sie dich lehren und dir zur Verfügung stellen. Jetzt, im Moment, brauchst du nur zu atmen und all die liebevollen Angebote deines Freundes anzunehmen. Sie fließen durch dein Sein und füllen die Orte, die Ebenen in dir, wo du sie benötigst, ganz von allein, durch die kosmische Intelligenz, die in jeder Energie innewohnt.

Und nun widmet sich das Drachenwesen deinem Herzen, und er geht mit all seiner Aufmerksamkeit und mit dem grünen Licht der Heilung dort hin. Und erneut beginnt er zu dir zu sprechen:

„So wie uns die Augen wichtig sind, um in die Seele des Menschen zu blicken, so ist es auch das menschliche Herz. Das Herz ist nicht nur ein physisches Organ, das den Puls des Lebens reguliert. Es ist der Ort der Verschmelzung. Über das Herz bist du mit allem verbunden und eins. Über das Herz kannst du mit jedem Wesen in diesem Universum in Liebe kommunizieren. Wir staunten im Laufe der Zeiten immer wieder, wie stark eure menschlichen Herzen waren. Trotz des Schmerzes und des Leides war euer Herz immer wieder bereit, sich erneut zu öffnen und erneut Liebe strömen zu lassen und zu erfahren. Selten brach ein Herz. Selbst über den Tod hinaus waren eure Herzen oft bereit, weiter zu lieben. So viel Mut, so viel Kraft ist in euren Herzen. Wir haben und hatten immer große Achtung davor.

Doch über die Jahrtausende hinweg wurden auch die kraftvollsten Herzen immer schwermütiger. Die Fülle der Erfahrungen lastete auf ihnen, und somit gab es immer wieder und immer häufiger verschlossene Türen und Aspekte in ihnen. Sie öffneten sich nicht mehr ganz, ihr hattet begonnen, euch Sicherheitsnetze zu spannen. Manche von euch Menschenkindern wurden müde zu lieben. Viele von euch zogen es vor, ihre Liebe zu transzendieren, wie ihr es nanntet, und in Abgeschiedenheit und alleine zu leben. Andere wiederum perfektionierten das Spiel, sich nur *mit jenen Menschen zu umgeben, von denen sie wussten, dass sie sie niemals wirklich verletzen würden können, weil es keine Verbindungen des Herzens, sondern nur Verbindungen des mentalen Seins waren. Somit fand eine wahre Begegnung, eine wahre Verschmelzung nicht statt. Diese Entwicklung eurer Herzen, dieser fried- und machtvollen Instrumente, die ihr in euch tragt, mit ansehen zu müssen, schmerzte auch uns. Doch die Zeit war noch nicht reif, euch dafür eine Unterstützung anzubieten. Wenn du eine Tochter, ein Kind des Drachen, sein möchtest, ist es wichtig, dein Herz wieder so leuchten zu lassen, wie dieses ursprünglich alle taten. Denn die Kinder des Drachen sind kraftvoll Liebende, nichts kann sie in ihrer Liebe erschüttern, noch würden sie je an ihr zweifeln. Und die Freude an der Liebe ist ihr Wegweiser und die Fähigkeit, mit allen Sinnen, mit allen Ebenen zu lieben, ist ihre Aufgabe.*

Und so stelle ich dir jetzt erneut eine für dich sehr wichtige Frage: Bist du bereit, mir dein altes Herz voller Erfahrungen und Erinnerungen zu geben, damit ich dir im Namen der Drachenwesen ein neues schenken kann? Ein neues, das der Leichtigkeit deines ursprünglichen, liebenden Herzen entspricht?"

Wenn du diese Frage mit „Ja" beantworten möchtest bzw. kannst, dann erlaube dir wahrzunehmen, wie ein grüner Lichtstrahl, dieses Mal direkt aus dem Herzen des Drachen, zu deinem Herzen führt. Und ganz sanft spürst du, wie ein Austausch auf der Ebene deines Herzens stattfindet. Es ist fast so, als würde der Drache sein Herz mit dei-

deinem tauschen. Erlaube dir, in dein Herz zu spüren und nimm wahr, wieviel Leichtigkeit, Weite und Freiheit darin beginnt wieder Raum zu nehmen. Es scheint viel größer zu sein als vorher. Erlaube dir auch, die Kraft, den Mut und die Weisheit, die in ihm liegt und darauf wartet, von dir gelebt zu werden, zu entdecken.

Der grüne Lichtstrahl verbindet dein Herz immer noch mit dem des Drachen. Und ganz sanft verändert das Drachenwesen die Erfahrungen deines Herzens und schenkt dir so ein neues. Ein junges Herz, ohne Vorurteile, ohne Verletzungen. Es ist voller Hoffnung, voller Begeisterung, voller Neugierde, freudvolle Erfahrungen zu sammeln in allen Ebenen und Dimensionen.

Und der Drache spricht zu dir, dass das grüne Licht der Heilung ein wesentlicher Schritt auf dem Weg der Begegnung mit den Drachen darstellt. Er erklärt dir noch einmal, wie wichtig dabei die Ausgewogenheit der rezeptiven und dynamischen Kräfte in dir ist.

Langsam verblasst der grüne Strahl der Heilung zwischen euren Herzen, und er löst sich von selbst wieder auf, als die Erneuerung deines Herzens abgeschlossen ist. Der Drache lädt dich ein und bittet dich, die Nacht mit ihm in seiner Höhle zu verbringen. Die veränderten Energien in deinem System brauchen die Zeit, um sich neu zu ordnen. Gleichzeitig erklärt er dir, dass die Zeit in seiner Höhle einer Rückbindung an Gaia gleichkommen würde. So als würdest du in ihren Schoß zurückkehren, in ihre Gebärmutter, und hier kann Veränderung geschehen. So dreht er sich nun um und geht voraus.

In der Zwischenzeit ist es schon dämmrig geworden und die Sterne beginnen am Himmel, einer nach dem anderen, zu leuchten. Seine Höhle ist nicht weit, und schon kannst du sie erkennen. Der Drache geht hinein, und du folgst ihm. Die Höhle ist nicht allzu groß, gerade so, dass du und dein Drachenfreund gemütlich darin Platz haben. Sie ist angenehm warm, und weil du schon etwas müde bist von den vielen Erlebnissen des heutigen Tages, machst du es dir in einer Ecke, die mit weichem Moos gepolstert ist, bequem. Du kuschelst dich hin und gähnst nochmals genüsslich. Dann fallen dir schon die Augen zu.

Wie von weit entfernt nimmst du noch wahr, dass der Drache neben dir ist und über dich wacht, während er seine Stimme erhebt und beginnt Lieder zu singen in einer Sprache, die du nicht kennst. Und du fühlst dich geborgen, wie ein kleines Kind, das unendlich geliebt wird, das sich um nichts kümmern braucht, weil für alles gesorgt ist, das sich eins fühlt mit allem, was ist, und das sich auf seine Neugeburt freut. Während du nun schläfst, findet die Neuordnung in deinen Zellen statt.

Die Nacht vergeht wie im Flug. Gut erholt wachst du am nächsten Morgen sanft auf. Du gähnst erneut und reckst und streckst dich und blinzelst mit den Augen.

„Herzlichen Glückwunsch zu deiner Neugeburt. Jetzt bist du frei und kannst in allen Bereichen deines Lebens neu beginnen, wenn du möchtest," so begrüßt dich der Drache liebevoll. Er hat schon darauf gewartet, dass du wieder munter werden würdest.

Nach wenigen Minuten setzt du dich auf und du spürst

den neuen Tatendrang in dir, und so ist es dir recht, als der Drache dir anbietet, dich noch ein Stückchen zu begleiten. Du möchtest jetzt gerne so schnell wie möglich wieder nach Hause in deine Menschenwelt, um herauszufinden, wie sich die Veränderung, die in dir geschehen ist, in deinem Alltag auswirken wird.

Kaum habt ihr die Höhle verlassen und die Sonne begrüßt, erscheint erneut eine Gestalt, die dir bereits vertraut ist: Galadria.

„Ich habe hier auf dich gewartet, mein Freund," begrüßt sie dich. „Und ich werde dich nun nach Hause begleiten."

Voller Dankbarkeit und Freude möchtest du dich beim grünen Drachen der Heilung bedanken und drehst dich nach ihm um. Doch er ist verschwunden, und auch die Höhle und der gemeinsame Weg ist für dich nicht mehr sichtbar. Voller Erstaunen wendest du dich Galadria zu und möchtest sie fragen, was das zu bedeuten hat. Doch auch sie hat sich wieder so, wie sie gekommen war, aufgelöst.

Nun erkennst du, dass du mit deinen Energien, Körpern und Aufmerksamkeiten wieder im Hier und Jetzt, in deinem Wohnraum, in deinem Leben angekommen bist. Sei geerdet und zentriert und in der Vorfreude auf viele neue Erfahrungen der Fülle, der Harmonie und der Liebe, die von diesem Augenblick an in dein Leben treten werden.

Der Feuersee des Drachen

Nun möchte ich dich zu einer weiteren Begegnung mit der Drachenenergie einladen. Dabei geht es um die Kraft des Feuers, um das Entwickeln deiner Vision und um deine klare Sicht. Neugierig? Dann erlaube dir eine bequeme Haltung einzunehmen und mit mir erneut auf Reisen zu gehen.

Atme und folge dem Atem mit deiner Aufmerksamkeit, wie er durch deinen physischen Körper strömt. Atme mit deinen Füßen ein und aus, mit deinen Beinen, mit deinem Bauch, mit deiner Brust, mit deinen Armen und Händen, deinem Rücken, deinem Hals, deinem Gesicht, mit deinen Haaren. Jede Zelle deines Körpers atmet. Du bist Atem, der kommt und geht, durch und durch.

Nun fließe mit deinem Atem in dein (neues) Herz. Es ist weit und groß und alles, was du bist, hat darin Raum. Alle deine Eigenschaften, deine Fähigkeiten, deine Stärken und deine Schwächen werden von deinem Herzen liebevoll willkommen geheißen. Dein Herz ist wie eine riesige Halle oder ein weiter Garten, ohne Anfang und ohne Ende.

Von deinem Herzen aus führt dich nun ein schmaler Weg durch verschiedene Landschaftsformen und Farben zu einem Vulkan, einer Vulkaninsel. Er ist teilweise erloschen, und teilweise spuckt er immer noch und immer wieder heiße Lava. Vielleicht kennst du das Gefühl, wenn du auf der erkalteten, schwarzen Oberfläche läufst und unter dir den Strom der Lava noch zu spüren scheinst. Oder du kennst die Wahrnehmung, als würde unter dir die Erde brennen, weil so viel Wärme durch deine Füße aus dem schlafenden Vulkan hochsteigt.

Und du läufst weiter über den Vulkan, und dein Weg führt dich zu einem Krater. In seiner Mitte liegt ein eigentümlicher See. Ein Pfad führt dort hinunter und du folgst ihm. Rund um den Kratersee stehen interessante Gebilde, als würde die ganze Landschaft hier leben. Es scheint, als wäre dieses Naturschauspiel nicht von dieser Erde. Nun betrachtest du den See näher. Er ist etwas ganz Besonderes, denn er ist nicht nur aus Wasser, sondern auch auf dem Wasser; auf der Wasseroberfläche brennen Feuerzungen. Es sieht so aus, als wäre der See aus Öl, und auf seiner Oberfläche lodert das Feuer. Doch es ist das Wasser einer alten Zeit, das hier in diesem Krater ruht und das es möglich macht, dass Feuer und Wasser sich ergänzen und potenzieren. Das Feuer bringt das Wasser nicht zum Verdampfen, und das Wasser löscht das Feuer nicht aus. Die Elemente wirken in einem kosmischen Gleichgewicht.

Es ist ein heiliger Ort, an dem du dich jetzt befindest und der schon lange nicht mehr betreten wurde. Vor unendlichen Zeiten kamen Wesen und Menschen hierher, wenn sie Fragen hatten, wenn sie nach Antworten suchten, wenn sie Visionen finden wollten, wenn sie Klarheit oder Klärung benötigten. Dann standen sie an diesem Feuerwasser und riefen den Drachen des Feuersees aus seiner Tiefe. Einst waren es heilige Rituale, die diese Kommunikation mit dem Drachen ermöglichten. Erlaube dir nun, am Rande des Kratersees in die Stille zu gehen. Dabei nimm mit deinem Atem die beiden Elemente, Feuer und Wasser, als Einheit in dir, in deinem Herzen, auf. Dann berühre mit deinen Händen die Erde unter dir, und dann richte dich wieder auf und erhebe deine Arme und deinen Blick zu den Sternen. Rufe jetzt den Drachen aus der Tiefe des Feuersees empor und bitte ihn, er möge sich erheben, so wie er es immer getan hat, um dir zu helfen.

Die Oberfläche des Sees beginnt zu zittern, und in der Mitte des Sees erscheint der große Drache des Feuersees. Er ist mächtig. Seine Haut ist ganz schuppig und wirkt rau. Seine Farben sind ein sattes, dunkles Rotbraun, und sein Bauch leuchtet in einem feurigen Orange. Er schwimmt zu dir und kommt ganz nahe zu dir. Und so, wie du es von der Begrüßung mit anderen Drachen her schon kennst, blickt er dich mit seinen rot-glühenden Augen genau an. Er betrachtet dich lange und schaut, ob du wirklich den Mut hast, ihm zu begegnen. Du hältst seinem Blick stand.

Dann beginnt er zu lächeln. Und er fordert dich auf, deinen Wunsch vorzubringen. Nun hast du die Möglichkeit, ihm Fragen zu stellen, die dich gerade beschäftigen. Du kannst ihn auch bitten, dir eine Vision zu schenken, welche Schritte in deinem Leben jetzt anstehen. Oder du kannst ihn bitten, dir Klarheit für einen Bereich deines Lebens zu schenken. Der Drache sagt, dass du auch viel Mut brauchst, um der Klarheit ins Auge zu sehen. Doch er erfüllt dir deinen Wunsch. Er öffnet sein Maul, und sein Feueratem fließt über die Oberfläche des Sees, und diese wird ganz ruhig, das Feuer und das Wasser haben sich miteinander verbunden, und die Fläche kommt dir jetzt wie ein Spiegel vor.

„Sieh hinein", fordert dich der Drache auf. Und du erlaubst dir nun, auf dieser Spiegelfläche die Antwort auf deine Frage oder deine Vision klar zu erkennen. Und nimm die Eindrücke, Symbole, Farben, Bilder, Worte, Situationen wahr, die dir als erstes in den Sinn kommen. Lass sie einfach zu und erlaube, dass sich deine Wahrnehmungen verändern und entwickeln, wenn sie dieses möchten.

Nachdem dich der Drache eine Zeitlang in die spiegelglatte Oberfläche des Feuersees hat blicken lassen, erhebt er erneut das Wort:

„Mein Geschenk an dich ist die Klärung deiner Sicht und das Erkennen von Zusammenhängen von einer kosmischen Perspektive aus betrachtet. Viele Menschen möchten zwar ihre Hellsicht erweitern, doch sie sind nicht bereit, dafür ihre Sichtweisen zu verändern. Verstehst du, was ich meine? Das ist ein wichtiger Schlüssel dazu, denn die Fähigkeit, deine feinstofflichen Antennen kraftvoll und klar zu nutzen, hängt mit der Bereitschaft zusammen, dich immer wieder von überholten Glaubenssystemen und vorgefertigten Meinungen und Realitäten zu lösen, die sich auf alle Bereiche deiner Inkarnation beziehen. Dazu gehört auch der tiefe Wunsch, die Zusammenhänge im Kosmos aus einem erweiterten Ansatz heraus betrachten zu wollen. Das beinhaltet das Erkennen von Verbindungen, die zwischen der Erde und den Sternen bestehen. Dafür ist es nötig, dich als Kind der Erde und der Sterne zu erfahren.

Das kann ich dich lehren, wann immer du nach hier kommst, um dich mit mir auszutauschen. Dabei werde ich dich jedes Mal, nachdem ich dich meine Weisheiten lehrte, mit meinem Feueratem auf deinem Dritten Auge berühren, um so deine Sicht und Sichtweisen zu erweitern. Auf diesem Weg der Weitung bitte ich dich, dich selbst und dein System liebevoll zu betrachten und voller Mitgefühl dir selbst gegenüber zu sein.

Nun möchte ich dich auffordern, erneut in das Feuerwasser zu blicken, dessen Oberfläche immer noch einem Spiegel gleicht. Nun erlaube dir, dass du die Antwort auf deine vorher gestellte Frage oder deine Vision aus der Sicht deiner Seele empfängst und nicht aus dem Wunsch deines Mentalfeldes heraus geformt, das eine bestimmte Vorstellung hatte, was du gerne hören, sehen oder erfahren wolltest. Ich bitte dich nun, die Antwort der Sterne und der Erde, übermittelt über diesen Feuersee, in deinem Herzen zu empfangen. Öffne es nun weit mit Hilfe deines Atems und lass die Energie aus dem See hineinfließen. Es ist ein Symbol, das sich formt und das in dein Herz reist, um sich dort zu verankern. Erlaube dir, es anzunehmen, und es wird sich dir nach und nach offenbaren und entschlüsseln, und für dich immer mehr zu einem deutlichen, mehrdimensionalen Bild werden.
Ich möchte dir etwas erklären: Obwohl du mich hier so siehst, existiere ich nicht wirklich in deiner Welt, das heißt, dass meine Heimat die Sterne sind, die ich nie verlassen habe. Während ich hier mit dir spreche, lebe ich dort mit

meinesgleichen und tausche mich mit ihnen aus. Erkenne und begreife."

Und nachdem er den letzten Satz gesprochen hat, taucht er wieder unter und verschwindet im Feuerwasser. Die Oberfläche des Sees verwandelt sich wieder in die Wasserschicht mit den tanzenden Feuerzungen darauf. Du sitzt noch eine Weile am Rand des Kratersees und lässt die Eindrücke auf dich wirken und spürst den Energien nach. Was hat sich durch diese Begegnung mit dem Drachen in dir verändert? Bedanke dich bei dem Drachen und bei der Kraft dieses Ortes der Initiation, der er einst war (und immer noch ist). Dann erhebst du dich und nimmst deine Antworten und dein Symbol in deinem Herzen mit auf deinem Weg nach Hause durch die Vulkanlandschaft.

Und nun kehre zurück in dein Jetzt. Nimm deine Körper wahr, dehne und strecke sie. Sei geerdet und zentriert. Erlaube dir, heute einmal über die Worte des Drachens nachzudenken, nachzuspüren oder nachzuträumen. Und erlaube dir auch, heute das Gehörte und Erlebte mit all deinen Sinnen und Ebenen zu erfahren.

Noch ein bisschen Sternenkunde

Sicherlich hast du schon bemerkt, dass dieses Buch ganz verschiedene Aspekte und Bereiche beleuchten möchte. Deshalb möchte ich jetzt noch ein bisschen über Sterne erzählen. Viele der Namen von Sternbildern, die am Himmel zu sehen sind, findet man in alten Mythen, zum Beispiel aus Griechenland, wieder.

Weißt du, wie das Sternbild des Drachen entstanden ist? In der griechischen Mythologie wird erzählt, dass Hera, als sie ihren Bruder Zeus heiratete, von Gaia einen Baum mit goldenen Äpfeln geschenkt bekam. Sie pflanzte ihn in ihren Garten, der auf dem afrikanischen Berg Atlas lag. Sie bat die Hesperiden, die Töchter des Atlas, auf die goldenen Früchte zu achten. Doch diese erfüllten ihre Aufgabe nicht zu Heras Zufriedenheit. Deshalb rief Hera Ladon, den Drachen, aus der Tiefe der Erde herauf. Sie beauftragte ihn von nun an, auf den Baum und seine Früchte zu achten.

Im Laufe der Zeit wurde Ladon getötet und Hera war darüber sehr traurig. Als Dank für seine treuen Dienste setzte sie den Drachen an den Himmel unter die funkelnden Sterne.

Die Verbindung zwischen Drachen und dem danach benannten Sternbild kommt in mehreren Geschichten deutlich zum Vorschein. Dieses Motiv findet sich auch im Film *Dragonheart* wieder. Nachdem zum Schluss der letzte

Drache auf Erden stirbt, kehrt auch er zu den leuchtenden Sternen zurück. Auch im Kinderbuch *Tabaluga – der kleine Drache* wird erzählt, dass sein Vater Tyrion von den Sternen aus mit ihm spricht und ihm mitteilt, dass das Feuer des Drachen niemals erlöschen kann; und wenn ein Drache die Erde verlässt, wird er zu hellem Sternenlicht.

Ich tauche generell gerne in die Energie von Sternen ein, wobei mein Zugang ein sehr intuitiver ist. Dabei nimmst du eine Geschichte über die Sterne nicht wörtlich, sondern nur als Anhaltspunkt und lässt dich viel mehr auf die Schwingung, die dahinter liegt, ein. Durch dieses Einlassen auf das Dahinter kannst du das eigentliche Wesen einer Botschaft erfassen. Das ist in einer Form möglich, die von deiner augenblicklichen Ausrichtung und Entwicklung abhängt, und so kann sich die Essenz deiner Wahrnehmung im Laufe der Zeit verändern in der Art und Weise, wie du dich selbst erweiterst. Diese persönliche Veränderung ist auch ein Grund, warum Eindrücke zum Beispiel während einer Erdheilungsmeditation wechseln: Du hast dich dabei durch die Meditation, die du für die Erde gemacht hast, weiterentwickelt und projizierst die Heilung nach außen und erlebst den Ort, für den du gewirkt hast, in der Folge als harmonisch. Doch du hast dich eigentlich nur selbst in Harmonie gebracht und durch die Verbindung, die du mit allem, was ist, hast, auch die äußere Welt. Wie gesagt, so geschieht Heilung.

Doch nun wieder zurück zu den Sternen. Tauchen wir doch gemeinsam ein in das Sternbild des Drachen. Wenn du möchtest und jemand bist, der mental sehr ausgerichtet ist, dann kannst du dir ja vorher auf einer Sternenkarte oder in einem Sternkundebuch nachsehen, wo der Drache genau liegt und wie er aussieht. Doch nötig ist es für die folgende Reise nicht.

Setze oder lege dich bitte entspannt hin. Schließe die Augen und atme dreimal tief und fest ein und aus. Erlaube dir, dabei alle Gedanken und Empfindungen ziehen zu lassen und komme mit deiner Aufmerksamkeit ins Hier und Jetzt. Jetzt nimmst du wieder einen tiefen Atemzug, und dabei entspannt sich dein physischer Körper vollkommen. Mit dem nächsten Atemzug darf sich dein emotionaler Körper entspannen und mit den zwei weiteren Atemzügen zuerst dein mentaler und dann dein spiritueller Körper.

Jetzt fokussiere dich bitte auf dein Herz. Sei eins mit deinem Herzen. Und nimm die Verbindung zwischen Himmel und Erde, die in deinem Herzen ist und die du bist, wahr.

Nun fließen die Energien frei in deinem Sein. Nun stelle dir bitte vor, dass aus deinem Herzen ein Lichtkanal zu den Sternen wächst, und dieser führt direkt zu einem Stern aus dem Sternbild des Drachen. Und du erlaubst dir jetzt, diesen Lichtkanal als Aufzug zu nutzen und reist durch ihn, schnell und sicher, klar und geborgen.

Nun kommst du mit deiner gesamten Aufmerksamkeit auf der Sternenebene des Drachen an. Und nun sei einfach offen, sei auf Empfang. Nimm wahr, welche Bilder du erhältst, welche Gefühle, welche Gedanken, welche körperlichen Empfindungen. Du kannst so lange in dieser E-

nergie bleiben, wie du möchtest. Wenn es für dich genug ist, dann bedanke dich bei dem Sternbild des Drachen und kehre über den Lichtkanal vollkommen zu deinem Herzen zurück. Die Lichtschnur von dir in den Himmel löst sich auf. Du achtest darauf, dass all deine Körper wieder im Hier und Jetzt verankert sind und du gut geerdet und zentriert deine Augen nun wieder öffnen kannst.

Je öfter du das ausprobierst, umso klarer werden deine Eindrücke sein. Sei nicht entmutigt, wenn es beim ersten Mal nicht gleich so klappen sollte, wie du es dir vorgestellt hast. Lobe dich dennoch dafür und versuche es einfach erneut.

Diese Übung kannst du auch mit anderen Sternenebenen ausprobieren. Doch bitte sei achtsam, ob du auch wirklich bereit dazu bist. Frage dabei nicht dein mentales Sein, sondern dein Herz. Und bitte beachte auch, dass Sterne lebendige Systeme sind. Du veränderst ihre Energie, wenn du dich mit ihnen verbindest, und manchmal kann es auch sein, dass sie „Nein" sagen, dann bitte respektiere dieses. Das hat etwas mit Ethik zu tun und mit der Bereitschaft, die Konsequenzen seiner Handlungen tragen zu wollen (siehe Kapitel „Drachenmagie").

Feinstoffliche Wahrnehmungen

Da du in diesem Buch immer wieder aufgefordert wirst, deinen eigenen Wahrnehmungen zu vertrauen, hatte ich während der Überarbeitung der einzelnen Kapitel den Impuls, etwas Allgemeines dazu zu sagen.

Jegliche Form der Wahrnehmung hat etwas mit dir zu tun, steht mit dir in Kommunikation sozusagen. Wenn du zum Beispiel etwas Hässliches siehst, so geht es nicht mehr darum, zu glauben, dass es außerhalb von dir wirklich etwas Hässliches geben könnte. Wenn du davon überzeugt bist, dass dieses Leben ein harter Kampf ist, dann wirst du diesen Glaubensatz in deinen Wahrnehmungen permanent bestätigt finden. Wenn mein Solarplexus aufgrund einer gefühlten Energie zu rumoren beginnt, liegt es an meiner Resonanz, meinem Widerstand auf diese Kräfte, auf die Situation, auf den Menschen, die das hervorgerufen haben, nicht am Wesen im Außen.

Ich erlebe und höre immer wieder, wie Menschen die Tendenz haben, bei ihren Wahrnehmungen in die Wertung zu gehen. Das ist durch die Matrix bedingt. Sobald wir ein ungutes Gefühl haben, eine unangenehme Wahrnehmung machen, beziehen wir dieses immer wieder auf jemanden oder etwas im Außen. Dahinter steht, dass wir Verantwortung abgeben und sagen, das der andere Mensch, die anderen Wesen und Energien „schuld" daran sind, dass wir uns jetzt so schlecht fühlen. Denn wir sind ja hell, licht, gut und das Dunkle ist außerhalb und will uns schaden.

Bevor du jetzt protestierst, erlaube dir bitte, kurz inne-zuhalten und den Worten in deinem Herzen nachzufühlen. Dennoch hat für mich diese Sichtweise und Vorgehens-weise nichts mit Blauäugigkeit, Naivität und Abgehobenheit zu tun. Im Gegenteil. Vielleicht kann dir der folgende An-satz eine Hilfestellung sein:

Wenn du etwas für dich wahrnimmst oder auch ande-ren mitteilen möchtest, ist eigentlich immer das Ziel, dass es lebensbejahend ist, denn das kosmische Prinzip, aus dem wir alle geboren wurden und dessen Aufgabe es ist, von uns erfüllt zu werden, ist Leben zu fördern und in die-sem Sinne alles miteinander zu vereinen, damit Erweite-rung für alle Wesen dieses Universums möglich ist. Wenn du also eine Wahrnehmung formulierst, kannst du dir dabei immer die Frage stellen, ob sie Leben aufbaut, oder ob sie Trennung aufrechterhält. Wenn sie vereint, folge ihr, teile sie mit, lebe sie. Wenn sie trennt, erlaube dir, sie abzule-gen, denn damit nährst du nicht die Liebe, sondern den Schmerz. Und darum geht es nicht mehr. Was ich also in diesem Kapitel sagen möchte, ist: Deine Wahrnehmung, wie und was du siehst, hat immer etwas mit dir zu tun! Wenn dir deine Wahrnehmungen nicht gefallen, versuche nicht, das Außen zu verändern, beginne bei dir selbst!

Der gelbe Drache der Weisheit

Als ich diesen Drachen das erste Mal traf, stand ich gleichzeitig energetisch auf dem Balkon meiner alten Wohnung, obwohl ich dort schon seit Jahren nicht mehr lebte. Das hatte mich zuerst etwas verwundert, doch dann kam mir in den Sinn, dass diese Begegnung mit dem Drachenwesen der Weisheit vielleicht schon viel früher stattgefunden hatte, als ich auf den ersten Blick jetzt erkannte. Vielleicht traf ich ihn wirklich zum ersten Mal in einer Zeit, als ich noch in der genannten früheren Wohnung lebte? Und vielleicht hatte ich erst jetzt den Zugang dazu erhalten, diese Erfahrung in die Gegenwart zu bringen? Damals, als ich dort wohnte, hatte ich nämlich schon einmal den Impuls, ein Buch über Drachen und Frauen bzw. weibliche Kraft zu schreiben. Doch irgendwie landete es dann unverrichteter Dinge in einer Schublade und in der Folge, während einer Ausmistaktion, im Altpapier.

Nun stand ich also, wie gesagt, feinstofflich auf diesem kleinen Balkon und sah hinunter auf die Straße. Ich bemerkte, dass ich Gesellschaft bekommen hatte. Es war ein kleiner gelber Drache mit roten Tupfen, der neben mir auf dem Balkongeländer saß. Er sah freundlich und witzig aus. Auf seinem Rücken hatte er zwei kleine Flügel und sein Bauch war kugelrund. Ich dachte mir: „Kaum zu glauben, dass er mit diesen winzigen Flügeln im Vergleich zu seinem Gewicht fliegen kann."

Und der Drache öffnete den Mund und meinte laut:

„Wie wäre es denn, wenn du deine Vorurteile ablegen und mich zuerst einmal willkommen heißen würdest? Denn immerhin hast du mich gerufen, und hier bin ich."

Jetzt war ich erstaunt. Erstens, dass er meine Gedanken hatte lesen können, und zweitens, warum hatte ich ihn gerufen?

Er antwortete:

„Wir sind außerhalb von Zeit und Raum. Das, was du gerade erlebst, hat in einem Traum stattgefunden. Dieser wird gerade in die Gegenwart geholt, während du dieses schreibst. Du hattest diese Begegnung mit mir bereits vor vielen Jahren, doch erst jetzt kannst du dich daran erinnern."

Ich war immer noch erstaunt.

Der Drache fuhr fort:

„Du hast mich gerufen, schon vor langer Zeit, weil du verschiedene Drachenenergien und -wesen kennen lernen wolltest. Ich bin ein Drache der Weisheit, und mein Name ist Ling Ling."

Ich versuchte mich bei ihm für meine unhöfliche Begrüßung zu entschuldigen, indem ich Ausreden erfand und ihm erklärte, dass ich mir einen Drachen der Weisheit anders vorgestellt hätte.

Er lachte und sagte:

„Ja, das ist eines der größten Probleme der Menschen, dass sie sich von Äußerlichkeiten meistens viel zu leicht täuschen und beeindrucken lassen. Dabei übersehen sie oft das Wesentliche.

Was hast du denn für einen Drachen der Weisheit erwartet? Einen großen, ernsten, weise aussehenden, chinesischen Glücksdrachen?"

Ja, er hatte recht. Das hatte ich mir wirklich vorgestellt. Der kleine Drache kicherte.

„Ich werde dir jetzt etwas über Weisheit erzählen, wenn du möchtest."

Ich nickte.

„Humor," begann er, „ist Weisheit. Sie hat nichts mit Strenge oder Wissen zu tun, sondern mit Liebe, Freude, Hingabe und, wie gesagt, die wichtigste Eigenschaft davon ist Humor. Wahre Meister sind alle sehr humorvoll. Betrachte weise Menschen, schau ihnen in die Augen, und du wirst den Schalk darin blitzen sehen. Weisheit ist, das Leben nicht so ernst zu nehmen. Weisheit ist, dich selbst nicht so ernst zu nehmen. Das ist auch mein Geschenk an dich, wenn du wieder mal glaubst, die Welt alleine retten zu müssen, wenn du wieder einmal voll mit dem Ernst des Lebens identifiziert bist, – also immer dann, wenn du eigentlich aus meiner Sicht heraus überhaupt nicht weise denkst, fühlst oder handelst, dann rufe mich. Ich werde erscheinen und werde dich lehren, über dich selbst zu lachen."

Er lächelte mich breit an, und seine Augen funkelten keck. Er genoss diese Unterhaltung offensichtlich und amüsierte sich köstlich dabei. Auch ich musste jetzt lachen, denn ich hatte ihn verstanden.

Die Vereinigung von Feuer und Wasser in dir

Das Feuer steht für die männliche, zielgerichtete und dynamische Energie in uns und in diesem Universum, wohingegen das Wasser die weibliche Kraft, die Aufnahme und die Rezeptivität symbolisiert. Um ganz im Sinne von heil, von ganzheitlich, Frau sein zu können, müssen die Energien von Feuer und Wasser in dir in Harmonie sein. Das ist auch der Fall, wenn du „ganz" Mann sein möchtest.

In den atlantischen Zeiten des lichten Fokus gab es keine Trennung zwischen den Elementen in der Form, dass Wasser das Feuer gelöscht und Feuer Wasser zum Verdampfen gebracht hätte. Das hat der Drache des Feuersees auch schon erwähnt, dass sich diese beiden Kräfte in ihrem ursprünglichen Sein potenzierten.

Jetzt gehen wir noch einen Schritt weiter: In den Anfängen von Atlantis gab es auch noch keine Trennung in männliche und weibliche Aspekte und Körper. Alles war eins, und somit konnten Wasser und Feuer auch eins sein. Die Spaltung in Frauen und Männer geschah erst durch die Zerstörung von Atlantis. Seither sagt man, dass die Frauen von der Venus und die Männer vom Mars zu kommen scheinen, seither scheint es nicht ratsam zu sein, Feuer und Wasser miteinander verbinden zu wollen. Doch das ist beides nicht stimmig. Vielmehr ist es wichtig zu erkennen, dass sowohl die Frauen als auch die Männer vom gleichen „Stern" abstammen, als auch, dass es um die Verbindung dieser beiden Elemente geht. Wenn du möchtest, kannst du über die wiederholten Bitten der geistigen Welt, die Vorurteile gegenüber dem sogenannten anderen Geschlecht abzulegen, auch in anderen Büchern nachlesen, wie zum Beispiel in *Kiria Deva und das Kristallwissen aus Atlantis* von Antan Minatti (Smaragd Verlag), sodass ich hier darauf nicht weiter einzugehen brauche.

Für mich stellt die Wiedervereinigung von Feuer und Wasser, von der dynamischen und rezeptiven Kraft in dir, den „Bauch" dieses Buches dar. Die Worte und die Energien der vorherigen Kapitel waren die Annäherung, die Vorbereitung darauf.

Nun ist es soweit. Das ist ein wesentlicher Schritt zur Heilung oder, wie wir es im Buchtitel nannten, zur Wiedererweckung der Weiblichkeit. In den folgenden Kapiteln wird es sowohl vermehrt um die Vertiefung des Bewusstseins der Einheit von Feuer und Wasser in dir gehen als auch um ihre Auswirkung auf die verschiedenen Bereiche des Zusammenlebens.

Die Chinesen nennen es die Ausgewogenheit zwischen Yin und Yang. In der Theologie nannte man Jesus den ersten Menschen, der seine weiblichen und männlichen Anteile in absoluter Harmonie lebte.

Eine weitere, in früheren Jahren in Seminaren sehr beliebte Möglichkeit, Feuer und Wasser in dir zu vereinen, ist, deinen inneren Mann und deine innere Frau zu entdecken und miteinander verschmelzen zu lassen. Die Bilder, in denen sich unsere männlichen und weiblichen Anteile zeigen, hängen eng mit unseren Wünschen und Sehnsüchten im Bezug zu Partnerschaften zusammen. Sie sind auch ein

Spiegel für unsere Beziehungen. Wenn meine innere Frau meinen inneren Mann nicht ausstehen kann, ist es nicht möglich, im Außen einen liebevollen Menschen anzuziehen und mit diesem dann auch noch eine harmonische Beziehung zu leben. So ist es nach wie vor empfehlenswert, gerade wenn jemand in seiner bestehenden Partnerschaft etwas erkennen möchte oder sich die Frage stellt, warum er scheinbar immer an den falschen Menschen gerät, die inneren Welten zu erkunden. Durch eine bei Bedarf wiederholte Begegnung mit diesen inneren Aspekten können Veränderungen nicht nur in dir selbst, sondern auch in deinem Umfeld geschehen.

Als ich das erste Mal meinen inneren Mann traf, war er ein feuriger, wohlhabender Beduine irgendwo in der Wüste. Im Laufe der Zeit veränderten sich die Bilder. Er wurde gesetzter und älter. Er wechselte seine Kleidung in ein fließendes, langes, weißes Gewand und strahlte viel mehr Besonnenheit und Güte aus und lebte irgendwo an einer Felsenküste am Meer. Mittlerweile bin ich wieder bei dem ursprünglichen „Sohn der Wüste" gelandet mit seinen funkelnden, leidenschaftlichen und dunklen Augen. Und das gefällt mir sehr gut so.

Auch meine innere Frau erlebte verschiedene Phasen. Zuerst war sie eher ein tänzelndes, orientalisches Wesen und nicht sehr greifbar. In der Zwischenzeit reifte sie zu einer kraftvollen, präsenten Frau, mit langen Haaren und üppigen Formen in wallenden Gewändern, mit Vorliebe aus Samt und goldenen Ornamenten und Stickereien. Auch mit diesem Bild bin ich sehr zufrieden und fühle mich wohl dabei. Verstanden haben sich die beiden immer recht gut, egal wie sie gerade aussahen.

Wenn du nun selbst auf den Geschmack gekommen bist, deinen inneren Mann und deine innere Frau kennenzulernen oder sie einfach wieder einmal besuchen möchtest, um zu sehen, wie sie jetzt aussehen oder wie sie sich entwickelt haben, dann möchte ich dich zur folgenden Meditation einladen.

Je nachdem wie diese inneren Wesen miteinander umgehen können, ob sie sich freuen, sich zu sehen, oder ob sie nicht einmal bereit sind, sich in die Augen zu blicken, ist es ausreichend, die Übung einmal zu machen oder ratsam, sie zu wiederholen, bis deine innere Frau mit deinem inneren Mann verschmelzen kann.

Nun mache es dir bitte bequem. Entspanne dich auf deine eigene Art und Weise. Dann erlaube dir einen tiefen Atemzug zu nehmen und verbinde dich mit deinem Herzzentrum. Das Licht deines Herzens dehnt sich nun aus und durchstrahlt all deine Körper und Aspekte. Und du bist eins mit deiner Liebe, eins mit der Erde und eins mit deinem Hohen Selbst.

Dann erschaffe dir bitte vor deinem geistigen Auge eine Landschaft, die dir gefällt. Das kann ein Strand am Meer, der Garten deines kleinen Häuschens oder hoch oben auf einem Berg sein. Was auch immer für dich ein Ort ist, an dem du dich wohlfühlst, tauche darin ein. Berühre die Erde deiner Landschaft bewusst mit deinen Händen. Wie fühlt sie sich an? Wie riecht der Ort deiner Entspan-

nung? Gibt es dort Tiere, die bei dir sind? Welche Pflanzen wachsen dort, wenn es welche gibt? Welche Farben sind an deinem Wohlfühlort vorwiegend sichtbar?

Nachdem du all die Eindrücke voller Freude in dir aufgenommen hast, erlaube dir, einen Platz zu suchen, an dem du dich gerne hinsetzen möchtest. Und dann lass dich einfach nieder.

Nun bitte deine innere Frau zu dir. Nimm sie wahr, sieh sie, spüre sie oder wisse einfach, dass sie da ist. Wie sieht sie aus? Wie geht es deiner inneren Frau? Was fühlst oder denkst du bei ihrem Anblick?

Nimm dir nun ein wenig Zeit, um sie kennenzulernen. Vielleicht möchte sie dir etwas mitteilen? Vielleicht wünscht sie sich etwas von dir, das sie braucht, um sich wohlfühlen zu können?

Zum Abschluss hat sie noch ein Geschenk für dich, das sie dir jetzt überreicht. Nun bitte sie, dass sie bei dir bleibt und sich etwas in den Hintergrund zurückzieht, damit du deinem inneren Mann begegnen kannst. Und sobald deine innere Frau deiner Bitte nachgekommen ist, lädst du deinen inneren Mann zu dir an deinen Wohlfühlort ein. Jetzt kannst du ihn genau betrachten. Was trägt er, wie sieht er aus? Fühlt er sich wohl in seiner Haut und in deiner Gegenwart? Und wie geht es dir mit seiner Anwesenheit? Möchte er dir etwas sagen? Welche Wünsche hat er an dich?

Nachdem du dir für die Begegnung mit deinem inneren Mann etwas Zeit genommen hast, überreicht auch er dir zum Abschluss ein Geschenk.

Nun bittest du deine innere Frau, wieder nach vorne zu kommen, zu dir und deinem inneren Mann. Freuen sich die beiden, sich zu sehen? Oder sind sie eher distanziert? Wie gehen sie aufeinander zu und wie gehen sie miteinander um? Ist es ihnen möglich? Wenn ja, dann bitte deine innere Frau und deinen inneren Mann, sich zu umarmen. Während sie sich halten, beginnen ihre Auren miteinander zu tanzen und fangen an zu verschmelzen. Beide Wesen werden zu einem Sein, ein energetisches Feld, ein Körper.

Wenn das geschehen ist, dann erlaube dir, diese vereinte Energie in dein Herz zu atmen und nimm wahr, wie sie durch all deine Ebenen strömt und die Harmonie in dir wächst.

Nun erlaube dir, fröhlichen Mutes mit deiner gesamten Aufmerksamkeit zurück in deinen physischen Körper zu kehren. Sei zentriert im Hier und Jetzt und vollkommen verankert mit und in der Materie.

Doch um Feuer und Wasser in dir auszubalancieren, hast du viele verschiedene Möglichkeiten. Hier werden nur einige Anregungen gegeben. Wenn du möchtest, kannst du dir immer wieder eine goldene, liegende Acht in deinem zweiten Chakra visualisieren. Das Sakralchakra, wie es manchmal auch genannt wird, wird den Qualitäten Sexualität, Kreativität, Lebensfreude, Lebenslust und noch einigem mehr zugeordnet. Ein weiterer Name für diese Ebene deines Seins ist Polaritätschakra. Die goldene Acht ist ein Symbol der Unendlichkeit, ohne Anfang, ohne Ende und steht für die Ausgewogenheit der Kräfte. Deshalb kannst du damit auch deine rezeptiven und dynamischen Energien in dir in Harmonie bringen. Diese werden in manchen Schulen ebenso deinem zweiten Chakra zugeordnet, und deshalb hilft dir die Vorstellung, dass sich dort eine goldene Acht befindet, deine männlichen und weiblichen Anteile auszugleichen.

Doch du kannst diese kleine Übung gerne erweitern, denn eigentlich findest du die dynamische und rezeptive Kraft überall in dir. So könntest du zum Beispiel, wenn du möchtest, durch alle deine Chakren reisen, beim Basischakra beginnend, und dir auf jeder Ebene eine goldene Acht vorstellen. Mit deiner Aufmerksamkeit wanderst du dann über die liegende Acht, bis du wahrnimmst, dass die Energien rund laufen, also Ausgleich in deinem System ist. Dann wandert die liegende Acht mit deiner Atmung eine Stufe höher, also in diesem Fall zum nächsten Chakra. Und das kannst du machen, bis du bei deinem Scheitel- oder Kronenchakra angekommen bist. Dann spüre der veränderten und harmonisierten Energie in deinem Körper nach und schließe die Meditation wie immer mit Erden und Zentrieren ab. Die goldene Acht hast du vorher in deiner Vorstellung wieder aufgelöst.

Da unsere Gefühle und Wahrnehmungen eng mit unserem Gehirn und vorwiegend mit der Fähigkeit der Zusammenarbeit unserer linken und rechten Gehirnhälfte zu tun haben, ist es sehr ratsam, dir auch immer wieder eine liegende Acht in deinem Kopf vorzustellen, die einen Ausgleich der Kräfte im Gehirn herstellt. Der Fluss der Energien in deinem Gehirn hängt mit deiner Fähigkeit der Hellsicht als auch der Kommunikation mit den feinstofflichen Welten zusammen, ebenso wie mit deinem mentalen klaren Erfassen und einer kreativen emotionalen Umsetzung dessen.

Abschließend für dieses Kapitel möchte ich eine Botschaft der geistigen Welt mit dir teilen:

Erkennt und begreift: Alles ist eins. Das ist nicht nur eine Floskel, das ist eine Tatsache.
Nun geht es darum, dass ihr euch erlaubt, dieses wieder zu erfahren. Die Geschwister, die ihr Drachen nennt, wissen um die Einheit. Deshalb sind sie eins mit ihrer rezeptiven Kraft, genauso wie sie eins sind mit ihrer dynamischen Kraft. Sie sind Wesen des Himmels, genauso wie sie Kinder der Erde sind. Seht ihr die Parallelität zu euch und euresgleichen?
Die Drachen sind sehr kollektive Wesen. Sie leben in großen Gemeinschaften, in großen Familien könnte man es nennen. Nie würden sie sich gegeneinander richten und ihre Kräfte dafür einsetzen. Friedlich leben sie miteinander. Und achten und ehren das Leben. Ihr Herz ist voller Liebe für die Schöpfung.
Durch die Begegnung mit Drachenwesen könnt ihr lernen, eure sozialen Strukturen neu zu entwickeln, entsprechend der neuen Zeitqualität, denn es geht um gemeinschaftliches Zusammenleben und Sein in allen Bereichen des Daseins. Um dieses zu erkennen und umsetzen zu können, ist es eine wichtige Voraussetzung, die Einheit

zwischen dem Feuer, der dynamischen Kraft, und, in diesem Fall, dem Wasser, der rezeptiven Energie, zu erfahren. Kein Unterschied soll mehr gemacht werden zwischen den Töchtern und den Söhnen. Alle sind sie Kinder des Drachen. Diese Erkenntnis, dieses Wissen und das Bewusstsein, das daraus geboren ist, nennen wir den Weg des Drachen.

Doch der Weg des Drachen ist noch mehr: Er bedeutet auch, dass du deine Freundschaft zu den Drachen neu belebst und dich selbst als ihr Kind annimmst und dadurch selbst zum Drachen wirst. Denn im Grunde deines Seins, in den Tiefen deines Herzens, bist du ein Drachenkind. Erlaube dir, dieses Erbe nun zu entdecken und es für dich und alles Leben zu nutzen. Sei gesegnet.

Der Drachenweg

Ich möchte dich einladen zu einer kleinen Reise. Setze oder lege dich bequem hin. Und fokussiere dich auf deinen Atem. Lass ihn strömen und erlaube dir, mit jedem Atemzug mehr und mehr Ruhe in dir wachsen zu spüren. Wandere mit deiner Aufmerksamkeit durch deine Körper und schau, ob sie entspannt sind oder ob sie eine Farbe brauchen, die du ihnen mit Hilfe deiner Vorstellung zur Verfügung stellst, um sich nun vollkommen frei zu fühlen.

Nun erschaffe dir bitte in deiner inneren Welt einen großen hellen Raum. Er hat riesige Fenster, so dass das strahlende Sonnenlicht hereinleuchten kann. Er ist angenehm warm.

Erlaube dir nun mit Hilfe deines Atems, dich mit dem Licht voll zu tanken und genieße es einfach, in diesem Raum zu sein.

Nun erlaube dir, dich an die Zeiten zu erinnern, in denen es für dich ganz alltäglich war, mit Sternenwesen zu kommunizieren. Tue dieses durch einen einfachen gezielten Gedanken. Erlaube dir dann wahrzunehmen, wie durch eines deiner großen Fenster ein goldener Drache gleitet. Er ist ein Gesandter der Sterne, der dich nun einlädt, auf ihm Platz zu nehmen. Dann steigt er wieder höher und höher. Er fliegt über Städte und Länder. Er durchstößt mit dir die Wolken, und die Erde wird immer kleiner und kleiner. Er bringt dich in eine Ebene jenseits von Zeit und Raum. Er trägt dich in einen ätherischen Tempel. Dieser leuchtet schon von weitem, und der goldene Drachen landet vor seiner Eingangshalle. Es ist ein Tempel der Heilung, ein Tempel der Einheit aus längst vergangenen Zeiten. Lange Zeit hatte niemand mehr Zutritt dazu gehabt. Doch nun hatten die Hüter beschlossen, dass der Zugang für andere Wesen wieder möglich sein sollte. Drachenwesen wurden oft als Boten des Tempels ausgeschickt, um Menschen, die als würdig empfunden wurden, dorthin zu bringen.

Für dich ist die Zeit gekommen, du bist reif dafür. Deshalb ist der goldene Drache zu dir gesandt worden, um dich hierher zu geleiten. Nachdem er gelandet ist, hat er dich gebeten, abzusteigen und dich aufgefordert, durch die Eingangshalle tiefer in den Tempel hineinzugehen. Erlaube dir, die Schwingung dieses heiligen Ortes in dich aufzunehmen, während du dich dem Zentrum des Tempels näherst. Der Mittelpunkt der Kraft ist ein großer Obelisk, der aus flüssigem Kristall zu sein scheint. Rund um ihn stehen zwölf Wesenheiten, die alle unterschiedlich aussehen, im Kreis. Sie tönen miteinander auf eine berührende und dir vertraute Art und Weise. Sie haben die Augen geschlossen und sind vertieft in ihr Gebet, in die Kommunikation mit der Quelle allen Seins und den Sternen.

Doch du spürst ganz klar den Impuls, durch den Kreis der Zwölf zu gehen und stehst nun direkt vor dem Obelisken. Nun nimm deine Hände und berühre ihn. Er ist durchlässig. Du kannst in ihn hineingreifen. Erlaube dir nun, einen tiefen Atemzug zu nehmen und tritt in den Kristall ein. Du brauchst keine Angst haben. Du kannst in dieser kristallinen Energie atmen und du kannst dich sicher und geborgen fühlen. Es ist ein Ort der Heilung. Denn hier vereinigen sich Anfang und Ende und werden zum ewigen nigen sich Anfang und Ende und werden zum ewigen Jetzt. Alles, was einst getrennt wurde, kann hier wieder in die Einheit gebracht werden. Jede Energie, die du jemals abgegeben hast und die zu dir gehört, fließt nun zu dir zurück. Jede Macht, die du jemals abgegeben hast und die zu dir gehört, kommt nun zu dir zurück. Jede Eigenschaft, jeder Aspekt von dir, von dem du dich jemals gespalten hast, kehrt nun zu dir zurück. Jede deiner Energien, von denen du im Laufe deiner Inkarnationen getrennt wurdest, kommt nun zu dir zurück. Alle Erfahrungen des Getrenntseins und der Trennung lösen sich nun auf. Seelenanteile, die du im Laufe deiner Reisen verloren hast, fließen nun zu dir und vereinigen sich mit dir erneut.

Deine Glaubenssätze, deine Bewertungen und die damit entstandenen Energien der Trennung lösen sich nun in dir auf. Alles, was du bist, was du je warst und sein wirst, kann nun im Hier und Jetzt sein. Du bist ganz. Du bist heil. Du bist eins. Dein kosmisches Erbe wird in deinen Zellen und in deiner DNS aktiviert. Die verborgenen Kräfte, die in dir schlummern, weil sie dir vor langer Zeit von deinen Sternengeschwistern geschenkt wurden, werden nun erweckt. Erlaube dir zu erkennen, dass du die Fülle aller Möglichkeiten bist und gleichzeitig die zielgerichtete Kraft, die daraus schöpft und permanent neu erschafft. Jetzt kannst du dir deinen Körper so formen, wie du möchtest. Du bist nicht gebunden an Zeit und Raum. Lass dein Sein so strahlen, wie es wirklich ist: bewusst, kraftvoll, lichtvoll und heil.

*Und nun vernimmst du die Stimme eines Drachenwe-
sens, die zu dir vordringt: Bist du bereit, diese Erfahrung,
dieses Bewusstsein der Einheit nun in deinem Alltag zu
integrieren? Bist du in der Verbindung mit den lichten atlantischen Kräften und deinen Drachengeschwistern bereit,
Einheit zu sein und für andere erfahrbar zu machen?*

*Und wenn du diese Fragen mit „Ja" beantworten
kannst, ertönt ein großer Freudengesang, der den gesamten Tempel erfüllt und wie eine Offenbarung hinauf in
den Kosmos zu den Sternen steigt. Aus den Sternen
kommen bunte Lichter, als Zeichen, dass die Botschaft
vernommen und verstanden worden ist. Und die Sternenwesen und -geschwister antworten dir über diese Lichter-
scheinungen.*

*Das ist ein wichtiger Schritt auf deinem Drachenweg
gewesen. Es ist ein Weg der Initiation und der permanenten Erweiterung. Du wirst jetzt gefeiert und umjubelt, und
mit einem tiefen Atemzug kannst du nun wieder aus dem
Obelisken und dem flüssigen kristallinen Sein heraustre-
ten. Die zwölf Wesenheiten stehen immer noch im Kreis
um den Kristall. Doch jetzt haben sie ihre Augen geöffnet
und schauen dich freudestrahlend an, während sie weiterhin ihre Gesänge erklingen lassen. Mit einer Verbeugung,
als Zeichen deiner Ehrerbietung, gehst du durch den Kreis
der Zwölf hindurch und schreitest durch den Tempel weiter
bis in den Eingangsbereich. Dort erwartet dich bereits der
goldene Drache. Er lädt dich ein, erneut auf seinem Rücken aufzusteigen, damit er dich wieder nach Hause bringen kann. Und sobald du Platz genommen hast, erhebt er*

sich und verlässt den ätherischen Tempel der Heilung, den Tempel der Einheit wieder. Er fliegt mit dir durch die Wolken, und nun wird die Erde wieder größer und größer. Er reist mit dir über Länder und Städte, bis er dich wieder vollkommen sicher ins Hier und Jetzt, in deinen Raum, in deinen Körper gebracht hat. Er bedankt sich bei dir und fliegt wieder zurück. Und du hast Zeit, dich sanft zu bewegen, deine Augen zu öffnen, dich geerdet und zentriert zu fühlen. Erlaube dir noch ein bisschen Zeit, um dem gerade Erlebten nachzuspüren.

Vielleicht hast du auch Lust, dir jetzt ein paar Notizen zu machen darüber, was du gerade erlebt hast und was das für dich in deinem Alltag bedeutet. Welche Glaubenssätze, welche Gewohnheiten zum Beispiel haben sich dadurch verändert bzw. dürfen sich ab jetzt verändern?

Und während du diesen Fragen nachgehst und auch während des restlichen Tages, erlaube dir, dein Sein zu genießen.

Die Kraft des Feuerdrachen

Ich bin ein Drache des Feuers. Sei gegrüßt und gesegnet. Erlaube mir, dir meine Kraft zur Verfügung zu stellen. Ich möchte dir dazu etwas erklären. Mein Geschenk an dich ist die Feuerenergie, die in mir ist, seit Anbeginn der Zeit. Dieses Feuer wird oft das Feuer des ewigen Lebens genannt. Manche nennen diese Lebensenergie Christuspräsenz. Es ist egal, welchen Namen du dafür aussuchst. Es ist die Kraft, die keinen Anfang und kein Ende hat, die immer ist. Sie erneuert sich immer wieder und gebiert sich ständig aufs neue aus sich selbst heraus. Sie bringt Leben.

Diese Kraft kannst du nutzen, wenn du Ängste oder Unsicherheiten verspürst, wenn du an dir selbst zweifelst. Du kannst sie auch einsetzen, wenn es dir schwer fällt, Entscheidungen zu treffen, damit du Klarheit findest. Genauso kannst du sie einladen, dich zu unterstützen, wenn du Mut und Kraft brauchst, um in der Materie etwas umzusetzen. Ein Drache kennt keine Angst, er kennt auch keinen Mangel.

Grundsätzlich ist die Kraft des Lebens, das Feuer, die Christuspräsenz bereits in dir. Doch erlaube mir nun, dass ich meinen Feueratem in dein Herz lenke, um es neu zu entfachen, um es zu stärken, um es mehr zum Lodern zu bringen oder um dich dadurch einfach daran zu erinnern, dass es bereits in dir ist und darauf wartet, von dir erkannt und genützt zu werden. Und dann erlaube dir, das Feuer in dir, aus deinem Herzen, auszudehnen, so dass es alle deine Körper durchdringt und diese frei, weit, offen und durchlässig werden. Erkenne und begreife, dass Transformation mit Feuerenergie so geschieht, dass das Feuer alle Widerstände und Blockierungen und Verengungen liebevoll in sich aufnimmt, in seine züngelnde Arme nimmt. Es durchtanzt und durchliebt dabei all das, was klein macht, was verengt, um es in die Weite zu bringen.

Und nun frage dich: „In welchen Bereichen und Situationen und Beziehungen in deinem Leben brauchst du im Moment Mut?"

Erlaube dir wahrzunehmen, dass die Kraft des Feuers, dass der Mut in dir ist. Lass ihn wieder durch all deine Körper, Ebenen und Zellen fließen. Spüre ihn, schmecke ihn, erfahre ihn und wisse einfach, dass er da ist, in dir. Nun nimm wahr, wie sich durch das Feuer in dir, durch deinen Mut, den du jetzt auch nach außen sichtbar werden lassen kannst, die Situation, die Beziehung, die dir auf meine Frage eingefallen ist, verändert. Kraftvoll verändert. So nützt du deine Christuspräsenz, um zu erschaffen.

Und erlaube dir nun, vor deinem inneren Auge die gewählte Situation so zu erleben, wie es deinem Herzen entspricht, und das Feuer des Lebens hilft dir dabei. Die Kraft des Feuers hilft dir auch, um dir selbst klar zu werden, wofür du deine Energien einsetzen möchtest. Erkenne, wir sind ein lebensspendendes Prinzip, eine lebensfördernde Rasse. Du kannst mit unserem Feuer nichts zerstören, falls du das versuchen wolltest, würdest du die Kraft gegen dich selbst richten. Doch das ist nicht das, was wir wollen, das ist nicht das, was du möchtest, und so wird es nicht *geschehen. Nutze die Energie des Feuers weise, doch nutze sie. Sei gesegnet.*

Der Drache des Wassers

Ich bin der Drache des Wassers. Unendliche Weite, unendlicher Fluss ist mein Geschenk an dich. Darin findest du das Einverstandensein mit allem, was ist.

Aus dieser Energie gebäre ich Galaxien und Sterne, immer wieder. Ich reise durch dieses Universum und nehme auf, lerne kennen, assimiliere und vereine all das mit dem Wissen, das bereits in mir ist. Somit erweitere ich mich mit jedem Atemzug. Dadurch kann ich aus einem stetig wachsendem Wissen, das zu einem erfahrenen Sein wurde, schöpfen und immer neue Dinge gebären. Ich bin unendliche Weite und unendliches Erschaffen. Daraus erwächst Freiheit und, was noch viel wichtiger ist, Friede. So durchströme ich dich mit allen Wassern dieses Universums, und es gibt viele Formen von Wasser: glasklares, dünn und dick fließendes, flüchtiges, schnelles, langsames, farbiges, durchscheinendes – alles gibt es. Ich bin die rezeptive Kraft. Lass dich auf mich ein und verschmelze mit mir, wenn du empfangen möchtest, egal auf welcher Ebene.

Wenn du dann weißt, was du möchtest, wenn du Inspiration erhalten hast und du sie in die Form bringen möchtest, dann rufe im Anschluss daran meinen Bruder, meine Schwester, den Drachen des Feuers. Lass durch seinen Feueratem deine Christuspräsenz im Herzen leuchten und es werde das, was auch immer du erschaffen möchtest. So einfach ist das Leben. Wasser und Feuer, Feuer und

Wasser – zwei Prinzipien, die unaufhörlich miteinander verbunden sind, sich abwechseln.

Ich, als Drache des Wassers, habe keine bestimmte Form, denn ich kann sie verändern, je nachdem, wie ich sie gerade brauche, um mich mit jemandem oder mit etwas vereinigen zu können. Ich bin durchlässig und klein, genauso wie ich fest und groß sein kann. Alles ist möglich. Ich erhebe mich aus den Tiefen des Meeres, um dir zu begegnen, genauso wie ich aus dem Blau des Himmels zu dir eilen kann, wenn du meine Kraft, meine Weite, mein Fließen, meine Fülle, meine Inspiration, meine Fähigkeit des Empfangens benötigst. Ich kann dich kühlen, wenn du zu stark erhitzt bist. Dann umfließe ich dich mit meiner Sanftheit. Ich umtanze dich, und wenn ich mich schüttle, spritze ich viele tausend funkelnde Wassertropfen in dein Sein, die deine Körper erfrischen. Ich kann dich beruhigen, dich lehren, inneren Frieden und innere Gelassenheit zu erfahren. Ich zeige dir, was Hingabe ist, was es bedeutet, im Fluss zu sein, so dass geschehen kann, was durch dich geschehen will und soll, jenseits deiner persönlichen Vorstellungen und Erwartungen. Einst tanzten meine Geschwister und ich mit den Sternen. Dabei vereinigten wir uns mit ihnen. So erfuhren wir und entwickelte sich in uns viel Wissen und Weisheit. Dieser Tanz hat nie aufgehört. Deshalb kommen wir auch mitunter von verschiedenen Sternen, die wir als unsere Heimat nennen. Das soll dich nicht irritieren. Wir sind sozusagen ein multidimensionales Sein. Das bist du auch. Erkenne, dass du dich nicht mehr auf bestimmte Rollen oder Normen festlegen brauchst.

Alles ist in Veränderung. Auch du. Erlaube dir, mit mir einzutauchen in den unendlichen Tanz, ohne Namen, ohne Definition. Sei gegrüßt, Bruder und Schwester, der bzw. die du uns bist.

Die Schlangenkraft

In Yukatan gibt es eine bekannte Pyramide. Zur Sonnenwende strahlt das Licht so auf ihre Stufen, dass es aussieht, als würde eine Schlange von oben nach unten kriechen. Die Mayas verehrten in Chichen Itza die gefiederte Schlange Quetzalcoatl. Sie bedeutete, laut einigen Büchern, Wiedergeburt und symbolisierte die Mehrdeutigkeiten des Universums. Elyah, eine Wesenheit von Kassiopeia, erzählte uns von Nephtys, einer Schlangenwesenheit, die von den Sternen kam und ihre Erkenntnis über ihren Biss weitergab. Dieser war also nicht tödlich, sondern erweiternd. Eine Vorstellung, die heute vielen von uns ungewöhnlich erscheint. Nephtys finden wir übrigens in der ägyptischen Mythologie als Schwester von Isis wieder. Auch sie steht für ein behütendes Prinzip und wird gern mit Flügeln dargestellt.

Einige Menschen haben Angst vor Schlangen. Es wurde uns immer wieder erzählt, wie gefährlich dieses Tier sei, und in vielen Geschichten wird die Schlange als falsch beschrieben oder mit einer dämonischen, dunklen, verführenden Kraft.

Wenn du die Schlangenkraft ablehnst, kann das, wie ich meine, mehrere Gründe haben: So ist es zum Beispiel möglich, dass du in einer früheren Inkarnation durch einen Schlangenbiss gestorben bist. Vielleicht geschah es, als du durch eine Wüste gingst oder in eine Schlangengrube geworfen wurdest, um dich dabei einem alten Initiationsritus hinzugeben, der in einigen Kulturen angewandt wurde, sozusagen als Probe, ob du würdig bist, eine Priesterweihe zu empfangen. Vielleicht bist du mit einer dieser Erfahrungen noch nicht in die Aussöhnung gegangen und hast deshalb Angst vor Schlangen. Vielmehr glaube ich aber mittlerweile, dass es eine morphogenetische Prägung ist, mit der wir alle mehr oder weniger in Resonanz stehen, die uns sagt, fürchtet euch vor Schlangen.

Das ist kein Wunder. Wenn wir zurückgehen zur Erklärung, dass der Biss der Nephtys, einer Urschlange sozusagen, Erkenntnis brachte und nicht Leid, ist es naheliegend, dass es lange Zeit nicht erwünscht war, zu wissen, zu erkennen, uns unserer Kraft und unserer göttlichen Herkunft bewusst zu sein. Jetzt erst schließt sich, wie schon so oft erwähnt, der Kreis wieder, jetzt erst ist es Zeit, für alle Menschen zu erwachen aus dem langen, langen Schlaf der nicht-geheilten Dualität.

Die geheilte Dualität ist für mich der Aufstieg in die fünfte Dimension bzw. das fünfdimensionale Bewusstsein selbst. Das bedeutet für mich, dass wir die Freude an der Andersartigkeit wirklich alle gemeinsam erfahren können. In vielen Mythen und Religionen wurde die Schlange, ähnlich wie der Drache, der Dunkelheit zugeordnet. In der katholischen Kirche gibt es oft Darstellungen, bei denen Maria auf dem Kopf einer Schlange steht. Bis jetzt wurde das ähnlich wie die Drachentötungsdarstellungen interpretiert, nämlich dass das Licht über die Dunkelheit, über das Dämonische, siegt.

Vor einigen Wochen, im Rahmen der Rückkehr der

Drachenenergien, erklärte uns die geistige Welt über Michael Brecht, einen spirituellen Lehrer aus Stuttgart, dazu folgendes: Diese Bilder bedeuten, dass Maria von der Schlangenkraft, von den Drachenenergien im weiteren Sinne, getragen und durch jede Form der Marienverehrung letztendlich die Energie des Drachenkultes und der Urschlange genährt wird. Darauf möchte ich im Kapitel „Drachennetze" näher eingehen.

In manchen Weisheitslehren wird die Schlangenenergie mit der Kundalini-Kraft gleichgesetzt. Die Kundalini-Energie ist die Lebensenergie, die im Kreuzbein eines jeden Menschen ruht. Die Aktivierung der Kundalini erweitert das Bewusstsein des Menschen, was durch verschiedene Techniken geübt werden kann. Vor kurzem las ich in einem Buch, man könne sich die Kundalini der Erde wie einen Drachen vorstellen. Das zeigt erneut die Verbindung zwischen Schlangen, Drachen und der Erde als weiblichem Prinzip.

Ich freue mich immer so, wenn ich „Übereinstimmungen" in Informationen, die aus unterschiedlichen Richtungen kommen, finde, und dann erzähle ich sie gerne weiter.

Auf der Reise nach Ägypten schloss sich für mich der Kreis zwischen weiblicher Kraft und Schlangenenergie. Bereits Wochen zuvor hatte ich mit dem Schreiben des Buches begonnen und war bei der Ausarbeitung der letzten Kapitel. Ich wusste schon lange, dass ich über Schlangenenergien schreiben würde. Doch bis dorthin hatte ich es immer vor mich hergeschoben, weil ich meinte, mehr über die gefiederte Schlange erzählen zu müssen, diese aber nicht mein Spezialgebiet ist. Ich habe schon seit Jahren eine innige Verbindung zu Isis, und als ich nach Ägypten kam, fiel es mir wie Schuppen von den Augen. Isis wird hier auch oft mit einer Schlange dargestellt.

In der ersten Nacht in unserem Hotel begegnete ich Isis, und sie erklärte mir folgendes:

Es geht um eine erweiterte Wahrnehmung eurer Kundalini-Kraft. Eure Kundalini-Energie entspricht der Kraft der Schlangen und ist mit der Christuspräsenz gleichzusetzen. Es ist die erschaffende Kraft in euch, euer Mitschöpfertum. Diese ist nicht nur in eurem Kreuzbein anzusiedeln bzw. wahrzunehmen, sondern es geht darum, zu erkennen, dass sie euch durchdringt. Die Schlangenkraft in euch ist eine Heilenergie für euch und andere.

Später fiel mir dazu ein, dass es ja auch kein „Zufall" war, dass die Schlange ein Symbol für unsere westliche Medizin ist. Isis erklärte mir weiter:

Ihr habt sehr lange versucht, über Atemtechniken, die eure Schlangenenergie erwecken und nach oben fließen lassen, eure Materie mit dem Geist zu verbinden und in der Folge den Kontakt zu den Sternen und ihren Wesenheiten wieder aufzubauen. In der jetzigen Zeit geht es darum, das geistige Prinzip mit der Erde zu verbinden, das heißt, um es in einem Bild auszudrücken, die Schlange, die den Himmel erreicht hat, soll nun wieder zurück zur Materie kriechen. So entsteht eine Einheit von oben und unten, und ein Gleichgewicht zwischen den Erd- und Sternenkräften in euch wird durch einen bewussten Umgang mit eurer Christusenergie möglich. Eure Kundalini hat also den Kosmos berührt und bringt das erworbene Wissen nun in die Materie. Die Rückkehr der Schlange bedeutet für euch, dass ihr vieles bewusster, klarer, wacher erleben könnt, sei es im Alltag, im Traum, in Meditationen. Ihr könnt euch mehr erinnern, was ihr tut, wo ihr euch befindet, mit welchen Wesen und Energien ihr euch austauscht, und das wiederum ermöglicht es euch, euer Potenzial und die Kommunikation mit anderen Welten und Dimensionen und mit der Quelle allen Seins ganz allgemein aktiv zu erleben.

Nachdem Isis mir das erklärte hatte, hatte ich das Gefühl, als ob viele Schlangen in meinem Bauch wären, wie in einem Nest. Normalerweise wäre ich über eine solche Wahrnehmung nicht sehr erfreut gewesen und hätte alles versucht, diese Energie so schnell wie möglich wieder aus meinem System zu bringen. Doch Isis beruhigte mich und meinte, ich solle das Heilungspotenzial darin erkennen.

Die Energie der Schlange ist reine Lebenskraft. Durch ihr Aussehen und die Art ihrer Bewegung kann sie ihre lebensspendende Essenz überall dorthin lenken, wo sie gerade benötigt wird. Sie kann so an jede beliebige Stelle deines physischen Körpers reisen, um diese zu beleben und zu erneuern, wenn dort zum Beispiel Disharmonien sind.

Und damit ich verstehe, was sie meinte, ließ sie einige der Schlangen sich in meinem Bauch, durch meine Blutbahnen und explizit durch meine Beinvenen schlängeln, um diese dabei zu stärken. Isis meinte dazu, ich bzw. man könne so das Selbstheilungspotenzial aktivieren und unterstützen. Die Fähigkeit, sich selbst zu regenerieren, sich selbst zu heilen, ist sowohl ein atlantisches als auch ein Erbe unserer Drachengeschwister in uns. Um dieses annehmen zu können, bat Isis uns, vermehrt unsere Schlangenkraft in uns zu beleben, zu entdecken und zu nutzen.

Wenn du das über eine Aktivierung deiner Kundalini-Energie machen möchtest, wende dich bitte an jemanden, der ein Experte darin ist, denn, wie gesagt, das bin ich nicht. Ich habe nur immer wieder von Menschen gehört, die selbst damit experimentiert haben und auf die Kraft, auf das Lebensfeuer der Energie nicht vorbereitet waren und sich und ihrem System Schaden und große Unannehmlichkeiten bereitet haben. Deshalb möchte ich dich bitten, mit deiner Schlangenkraft achtsam umzugehen und lieber jemanden zu Rate zu ziehen. Doch ich kann dir einen anderen Weg empfehlen, um deine Schlange in deinem Herzen zu erwecken. Wenn du das möchtest, dann lade ich dich zur folgenden Meditation ein.

Mache es dir bequem, so wie du es ja schon von früheren Übungen her kennst. Du kannst dabei liegen oder sitzen, so wie es dir angenehmer erscheint.
Nun erlaube dir, dich zu entspannen, atme ein paar Mal tief ein und aus und stell dir dabei vor, dass du unter

einer Dusche aus weißem Licht stehst, das durch alle deine Körper strömt. Dabei nimmt es alle Unklarheiten und Energien, die dir jetzt nicht mehr dienlich sind, mit und schwemmt sie aus deinem System. Dafür nehmen mehr und mehr Frische und Ausrichtung in dir Raum. Wenn du spürst, weißt, riechst oder siehst, dass alle deine Körper nun leuchten und strahlen, dann nimm nochmals einen tiefen Atemzug und fokussiere dich mit all deiner Aufmerksamkeit und all deinem Sein auf dein Herz. Bitte nimm dein Herz heute als funkelnden Tempel wahr.

Du betrittst nun den Vorhof. Vielleicht ist links und rechts eine Säulenallee. Auf jeden Fall, gehe weiter. Nimm dein Herz und seine Kraft, seine Liebe und seine Energie mit Hilfe deines Atems in jeder Faser deines Seins auf.

Nun kommst du in den ersten Raum deines Tempels. Wenn du möchtest, kannst du dir, während du weitergehst, die Ausschmückungen, vielleicht Bilder oder Figuren, deines Tempels genauer betrachten.

Dein Weg führt dich nun zu einer großen, reich verzierten Pforte. Dahinter befindet sich das Zentrum deines Tempels, das sogenannte Allerheiligste. Es ist der Bereich, zu dem nur du Zutritt hast. Berühre nun mit deinen Händen das Tor und nimm wahr, wie es sich langsam zu öffnen beginnt. Tritt bitte ein.

Der Raum ist mit Sonnenlicht durchflutet, hell und angenehm warm. Wenn du dich darin umsiehst, kannst du auch deine Zeichen der Ermächtigung wiedererkennen, die dich über all die Inkarnationen hinweg immer wieder an deine wahre Essenz göttlicher Energie erinnert haben. Nun bewege dich bitte auf die Mitte des Raumes zu. Dort ist ein verzierter Tonkrug, der verschiedene Ornamente, die dir vertraut sind und deren Bedeutung dir im Moment nicht einfallen, trägt. Wenn du ganz nahe an dem Gefäß bist, nimmst du wahr, dass sich darin etwas bewegt. Ganz sanft, ganz leise schlängelt sich daraus eine goldene Schlange. Vorsichtig und behutsam nähert sie sich dir, denn sie möchte dir keine Angst machen. Du brauchst dich auch nicht vor ihr zu fürchten, sie wird dich nicht beißen, außer du möchtest dieses, um Erkenntnis zu gewinnen, so wie es früher die Aufgabe der Schlange gewesen ist.

Nun erlaube dir, deine Schlange kennen zu lernen. Wenn du möchtest, bleibt sie vor dir liegen, damit du Zeit hast, ihr in deinem Tempo zu begegnen, bevor du sie vielleicht mit deiner Hand berührst. Wenn du möchtest, kannst du ihr auch erlauben, dass sie über deinen Körper kriecht; auch dieses wird sie achtsam und liebevoll tun. Wie auch immer du dich entschieden hast, egal ob die goldene Schlange des Lebens nun vor dir ruht oder auf deinem Körper, erlaube dir zu atmen und ihre Botschaft zu empfangen.

Die Schlangenenergie möchte dir nun zeigen, in welchen Bereichen deines Lebens du deine Lebenskraft vergeudest. Und die Antworten kommen dir ganz leicht und einfach in den Sinn. Lass die Impulse einfach fließen. Nun möchte deine goldene Schlange dir gerne mitteilen, welche deiner Organe und welche Bereiche deines physischen als auch deines emotionalen, mentalen und spirituellen Körpers mehr Lebenskraft brauchen, damit vollkommene

Harmonie in dir sein kann. Und auch dieses Mal nimm die ersten Gedanken, Gefühle, Eindrücke, die sich dir offenbaren, als Antwort entgegen.

Und noch etwas möchte dir deine goldene Schlange gerne mitteilen. Die Harmonie in deinem Körper, die Aktivierung deiner Selbstheilungskräfte, die gerade geschieht, ist die beste Vorbereitung für dich, um anderen Menschen, Tieren, Pflanzen, Sternenwesen und feinstofflichen Begleitern zu begegnen. Denn es geht darum, dass wir Menschen aufhören, aus unserem eigenen inneren Mangel heraus Partnerschaften in jeglicher Form und mit unterschiedlichsten Wesen zu leben. Vielmehr sollten wir lernen, uns in der Fülle zu begegnen. Das ist nur möglich, wenn du dir deiner göttlichen Energie bewusst und mit dir und somit mit dem gesamten Universum im Gleichklang bist. Die Wiedererweckung der weiblichen Energie bedeutet, dir der eigenen Fülle bewusst zu sein, Fülle zu erfahren, zu leben. Denn die weibliche Kraft ist Fülle. Schlangenenergien und deren Mütter, die Drachenwesen, lehren die Menschen, Fülle zu erkennen und anzunehmen.

Von nun an kannst du deine goldene Schlange als deine weise Ratgeberin betrachten, wenn du das möchtest. Du kannst ihr jederzeit in deinem inneren Tempel begegnen, um ihr deine Anliegen oder Fragen vorzubringen. Auch jetzt kannst du, wenn du möchtest, die Antworten, die du auf die Fragen, in welchem Bereich deines Lebens du Lebenskraft vergeudest und welche Ebenen deines Seins mehr Lebensenergie brauchen, nehmen, um gemeinsam mit deiner goldenen Schlange Lösungsansätze *zu finden bzw. um ihr diese Anliegen zu übergeben.*

Wenn der Austausch zwischen dir und dem Schlangenwesen für dich ausreichend gewesen ist, dann wisse, dass die Schlange immer in deinem Herzen ruht, auch wenn du mit deiner Aufmerksamkeit wieder ins Hier und Jetzt zurückkehrst. Du kannst jederzeit mit ihr Kontakt aufnehmen, wenn du das möchtest. Sie wird dir mit ihrer erschaffenden, lebensspendenden Kraft dienen.

Und nun nimm bitte ein paar tiefe Atemzüge, recke und strecke dich und sei vollkommen präsent in deinem physischen Körper und deinem alltäglichen Sein.

Abschließend möchte ich dir noch eine Ergänzung zu der Begegnung mit deiner inneren Schlange, deiner Mitschöpferkraft, mitgeben. Wenn du zum Beispiel ein Mensch bist, der in einem heilenden Fokus arbeitet und die Schlangenkraft liebt, kannst du dir am Ende der vorrangegangenen Meditation vorstellen, dass die Schlange nicht in dein Herz zurückkehrt, sondern dass sie sich um das Handgelenk deiner gebenden Hand schlängelt und dort bleibt. (Jeder Mensch hat eine gebende und eine empfangende Hand. Welche Hand bei dir welche ist, kannst du intuitiv erfassen oder austesten lassen, wenn du möchtest.) Sie liegt also um dein Handgelenk ähnlich so, als würdest du dort einen Armreifen tragen. Vielleicht ist dir schon einmal aufgefallen, dass manche Menschen gerne Schlangenarmreifen tragen. Auch war es in einigen Kulturen für bestimmte rituelle Zwecke vorgeschrieben, Schlangenschmuck zu tragen. Kannst du den Zusammenhang erkennen? Wie auch immer, wenn du also deine goldene Schlange energetisch um dein Handgelenk gewunden hast, kannst du automatisch und einfach, wenn du andere in deiner ausübenden Tätigkeit berührst, das Heilungspotenzial deiner Schlange dem anderen zur Verfügung stellen, damit er sein eigenes leichter aktivieren kann. Das wird mit der Zeit ganz von selbst geschehen, wenn du das ein paar Mal bewusst praktiziert hast.

Die goldene Schlange ist deine Mitschöpferkraft und erkennt die deines Gegenübers bedingungslos an. Somit unterstützt sie im anderen Menschen das, was er aufgrund seiner momentanen Entwicklung und nach dem Wunsch seiner Seele gerade braucht. Falls du diese Variante ausprobieren möchtest und entdeckst, dass sie nicht für dich angemessen ist, kannst du die Schlange von deinem Handgelenk durch eine kurze Einstimmung und durch deine zielgerichtete Ausrichtung wieder zurück in dein Herz schicken.

Isis

Isis ist eine Muttergottheit des ägyptischen Pantheon. Sie war die Schwester und die Gemahlin von Osiris und die Mutter von Horus. Sie wird häufig mit Flügeln, einer Sonnenscheibe oder mit Schlange dargestellt. Aus früheren Channelings, also aus Botschaften der geistigen Welt, ging hervor, dass Isis eine Sternenwesenheit von Sirius ist. Auch Isis bzw. ihre Priesterinnen waren und sind Töchter der Shekaina. Durch die Kraft der Aufnahme, die das weibliche Prinzip in diesem Universum ist, entsteht Kommunikation. Und so wurde mir bewusst, dass es die weibliche Kraft ist, die den Frieden bringt, die Völker vereinen kann, egal ob sie auf der Erde oder in den Sternen leben. (Die zielgerichtete Energie ist in der Folge die Umsetzung des Friedens bzw. das Friedesein. Du siehst auch an diesem Beispiel, dass eigentlich keine Trennung zwischen der rezeptiven und der dynamischen Kraft möglich ist, sie Hand in Hand fließen und es zwischen ihnen keine klar definierbaren Grenzen gibt.)

Während der Reise nach Ägypten gab es für mich sehr viele Erkenntnisse. In der ersten Nacht in Kairo zum Beispiel, als Isis mit mir sprach, sah ich dieses Land in seiner ursprünglichen atlantischen Zeit. Ich konnte begreifen, wie der Austausch mit den Sternenwesen war und wie die Wesenheiten von Atlantis vor der Zerstörung lebten. Ich durfte ganz klar den Schleier, die Illusion, die Matrix, erkennen, die jetzt über diesem Land bzw. wie eine Hülle um die ganze Welt liegt. Durch die Wahrnehmung und die Sichtweise des lichten Fokus von Atlantis und den Kontakt mit den Sternenwesen erschienen mir viele Botschaften der geistigen Welt im neuen Licht.

Auch während unserer Ausflüge in einigen Tempeln hatte ich den Eindruck, für Momente hinter die Fassaden blicken zu können, um die Essenz zu begreifen. Im Tal der Könige in einem „Grab", das übrigens nie eines gewesen ist, das wir besichtigten, war ich tief berührt über die Präsenz der Sterne und ihrer Wesen. Die Zeichnungen, die Symbole veränderten dadurch ihre Bedeutung, und ich hatte das Gefühl, an den Ursprung zurückgekehrt zu sein. Mir wurde plötzlich bewusst, wie viel wir früher wussten, wie leicht wir Materie hatten formen und bewegen können, in welchem Einklang wir lebten. Darüber legten wir alle den Schleier des Vergessens bzw. ließen wir ihn legen.

Die Wiedererweckung der Weiblichkeit heißt für mich in diesem Zusammenhang, die Erinnerung an diese ursprüngliche Zeit, an ihre Qualität und unsere Fähigkeiten zu aktivieren.

Als wir im Isis-Tempel in Assuan standen, konnte ich für einen Augenblick die Bilder und Darstellungen erkennen. Dieses Wissen darüber war so klar, doch ich könnte es nicht mehr in dieser Präzision wiedergeben. Das sind für mich die Momente, in denen wir eins sind mit allem, was ist. Hinterher bin ich wieder zurück in die Matrix geglitten. Doch auch in den anderen Tempeln und Anlagen, die wir besichtigten, konnte ich zum Beispiel in den Tierdarstellungen Hinweise auf die verschiedenen Sternenrassen in diesem Universum erkennen. Die Trinität in diesem Universum erkennen. Die Trinität von Isis, Osiris und Horus enthielt den gesamten Schöpfungsmythos der Erde. In dieser Berührung mit den Sternengeschwistern hörte ich ihre Botschaft, ihre „Trauer" darüber, dass die Menschen sie nicht mehr verstehen.

Sie kennen Traurigkeit nicht so wie wir, weil sie eine andere emotionale Wahrnehmung als wir Menschen haben, doch ich möchte diese Energiewelle, die sie mir vermittelten, mit „Trauer" beschreiben. Weiterhin sagten sie, dass sie viele Zeichen gesetzt hätten und es immer noch tun würden (zum Beispiel auch über Kornkreise), um den Kontakt zu den Menschen aufzubauen und ihnen behilflich zu sein, sich zu erinnern. Doch wir würden es nicht erkennen und begreifen. Wir würden nur die äußere Oberfläche sehen und uns damit schon zufrieden geben, anstatt dahinter zu blicken. So, wie viele Menschen die heiligen Stätten in Ägypten besuchen und sich von den äußeren Bildern beeindrucken lassen und dadurch selbst die Pyramiden noch für Grabmäler halten würden.

Darauf antwortete ich ihnen, ich sei davon überzeugt, dass die Menschheit jetzt verstehen wird. Sie ist reif dazu. Und die Sternenwesen meinten, ja, dass könnten sie annehmen, doch ich solle mir die Herzen der Menschen ansehen, die durch die Tempel und durch das Tal der Könige und der Königinnen gehen würden, diese seien oft verschlossen und der Austausch, – das, von dem sie sprechen würden –, wäre nur mit einem geöffneten Herzen möglich. Und sie baten mich, dieses den Menschen mitzuteilen. Daraufhin lächelte ich und meinte, ich würde wissen, wovon sie sprechen.

Wie wichtig dein Herz ist, hast du ja schon in einem früheren Kapitel gehört, und dieses Wissen wird dich auch noch weiter begleiten, indem zum Beispiel in einem späteren Teil des Buches noch explizit der Kontakt zu deinem Herzen gefördert werden wird. Warum ich dir das alles erzähle, ist ganz einfach und hat mehrere Gründe:

Zum einen möchte ich dich bitten, vermehrt hinter die Dinge zu blicken, um das Wesentliche zu erfassen. Zum anderen schrieb ich während meines Aufenthalts in Ägypten gerade an diesem Buch, und Drachenwesen sind auch Sternenwesen. Ich bin zwar schon seit Zeiten eine Science Fiction Freundin, doch immer auch, zumindest aus meiner Sicht heraus, sehr kritisch, wenn es um Berichte über Begegnungen mit sogenannten außerirdischen Energien und Wesen geht.

In den letzten Monaten konnte ich feststellen, dass es sowohl in den Seminaren als auch in den Einzelsitzungen vermehrt um das Thema Sternenwesen und den Kontakt mit ihnen geht. Es scheint so, als würden sich viele Bereiche meiner Arbeit und meines Seins daraufhin fokussieren.

Dieser Kontakt findet auf ganz verschiedene Arten statt, genauso wie auch andere Begegnungen mit feinstofflichen Ebenen unterschiedlich sein können. Das beinhaltet die Wahrnehmung über die Hellsicht genauso wie das Channeln der Botschaften, als auch Begegnungen auf der dreidimensionalen Ebene.

Wenn ich merke, dass mich ein Thema sehr beschäf-

tigt und ich immer wieder damit in Berührung komme, ü-
berprüfe ich mich und mein Leben immer sehr genau. Ich
schaue, ob ich meine alltäglichen Dinge noch „normal" auf
die Reihe bekomme, tausche mich mit anderen aus, womit
sie sich gerade beschäftigen, und wenn ich mich als „normal" empfinde, dann folge ich meinem Weg weiter. Wobei
„normal" natürlich schon wieder relativ ist (vgl. dazu auch
die Kapitel „Parallele Welten" und „Traumebenen"), denn
ich weiß nicht, ob jemand, der sich nicht so intensiv mit
diesen Dingen beschäftigt, mein Leben als „normal" bezeichnen würde.

Auch wenn ich ein Buch schreibe, ist es so, als würden
sich die Kapitel aus sich selbst heraus formen. So steht
auch in den vorliegenden Seiten der Kontakt zu den Sternenwesen immer wieder im Vordergrund, weil es, meiner
Beobachtung nach, der Zeitqualität entspricht, wobei es für
mich nicht wichtig ist, ob du an außerirdische Lebensformen glaubst oder nicht. Es ist auch nicht wichtig für mich,
ob du die Wesen und die Energien, von denen ich spreche, als Archetypen oder innere Figuren eines jeden Menschen erkennst. Und selbst wenn du das alles für einen
wunderbaren Blödsinn hältst, ist das vollkommen in Ordnung für mich und dein gutes Recht. Denn wir sind ohnehin alle miteinander verbunden, das heißt, du bist ich und
umgekehrt; du bist das Sternenwesen, das Sternenwesen
ist du; du bist der Skeptiker, und der Skeptiker bin ich.

In jedem Fall geht es um Erweiterung. Es sind meine
Bilder und Wahrnehmungen, die ich nutze, um etwas zu
erzählen, und du darfst dir sehr wohl erlauben, deine eige-

nen zu finden. Unsere Essenz, die dahinter liegt, wird mit Sicherheit dasselbe zum Ausdruck bringen, denn dabei geht es um die Liebe, die erschaffende Kraft und das Potenzial, das in jedem von uns ist. In meiner Welt gibt es die Sternenwesen, die uns bei der Aktivierung dieser inneren Möglichkeiten behilflich sein möchten und können.

Wie ich dir früher schon sagte, brauchst du für eine klare Kommunikation mit dir selbst, deinen inneren Ebenen, aber auch mit äußeren Wesenheiten, ein Gleichgewicht deiner dynamischen und rezeptiven Kräfte. Das ist auch nötig, wenn du deine hellsichtigen Fähigkeiten, deine Intuition oder dein mediales Sein fördern möchtest.

Ich möchte es dir näher erklären: Die weibliche Energie in dir benötigst du, um dich zu öffnen und deine Botschaften, deine Wahrnehmungen, deine Bilder zu empfangen. Deine dynamische Seite brauchst du, um sie in Worte zu fassen oder in Farben, in Bewegung auszudrücken, um sie richtig verstehen und entsprechend weitergeben zu können.

In früheren Kapiteln hast du bereits Anregungen erhalten, wie du die beiden Aspekte in dir harmonisieren kannst. Eine weitere Möglichkeit ist zum Beispiel, wenn du über das Symbol der Doppelspirale meditierst oder dieses dafür benützt. Es bedeutet nämlich den Gleichklang der weiblichen und männlichen Kräfte in dir.

In der essenitischen Tradition ist es der Ausdruck von Vater-Mutter-Gott, der sich darin in der Einheit dieser Aspekte zeigt. In anderen Schulen wird es als Symbol der Androgynität genutzt. Du kannst es, ähnlich wie vorher der

Umgang mit der goldenen Acht beschrieben wurde, anwenden, wenn du möchtest.

Doch eigentlich wollte ich dir in diesem Kapitel ja etwas über Isis erzählen oder noch besser, eigentlich wollte Isis dir selbst etwas mitteilen:

Dieses ist Isis, die Strahlende, die Leuchtende, und ich komme im Ausdruck der geflügelten Schlange zu dir. Wisse, die Zeit ist gekommen, in der erneut die Verbindung, die Kommunikation zwischen uns fließt. Doch nicht sollt ihr uns als Götter betrachten. Ihr sollt uns auch keine Tempel mehr errichten und uns anbeten, denn dadurch erschafft ihr Trennung. Einst war es wichtig für euch, dieses zu tun, denn es war die einzige Möglichkeit, den Kontakt zu den Sternen aufrechtzuerhalten. Doch habt ihr im Laufe der Zeit vergessen, dass wir nicht aus Stein und aus Gold sind, sondern lebende Wesen, die euch befruchteten, so wie ihr uns. Und so hattet ihr den Eindruck, als würden wir euch keine Antworten mehr geben, und ihr begannt, uns Opfer zu bringen, und manche von euch glaubten sogar, sie müssten uns Blut darbringen, um uns gnädig zu stimmen.

Doch all dieses wollten wir nicht. Und so haben wir gewartet. Und nun kann ich wiederkehren, in mannigfaltiger Form, und ich kann meine Priesterinnen erneut ernennen und ihre Traurigkeit stillen, denn sie werden meine Botschaften wieder hören und meine Gegenwart wieder fühlen und auch sehen können.

Und nun möchte ich diejenigen die mir gedient haben, willkommen heißen und ihnen sagen: „Ich bin!".

Betrachtet die Sterne und seht, wie ich komme in eure Herzen, in eure Wohnstätten, die ihr nun überall auf der Welt habt. Ich werde euch finden, damit wir die treue Freundschaft erneut besiegeln können, feiern können.

Ich, Isis, breite meine Schwingen aus und nehme euch in meine Obhut. Daraus wird euch innerer Reichtum erwachsen, klare Sicht und Erkenntnis werden in euch Raum nehmen, und mit euren Herzen werdet ihr begreifen. Die Pforten, die euch so lange verwehrt blieben, stehen nun wieder weit offen. Tretet ein und erneuert den Bund zwischen den Geschwistern aus den Sternen und euch Menschenkindern. Die daraus gewonnene Weite eures Geistes wird euch beflügeln, das zu sein, was ihr seid, und wird euch unterstützen, das auch in eurem Bruder, in eurer Schwester zu erkennen. Und das wird der Beginn des Friedenreiches sein. Habt den Mut und erkennt die Essenz eurer Mutter Erde und all ihrer Töchter und Söhne.

Ich wurde Tochter der Shekaina genannt, und das bin ich auch. Doch ich bin auch Sohn der Shekaina, denn einst in den Anfängen, als meine Füße die noch junge Gaia begonnen hatten zu betreten, war ich noch keine Frau, hatte ich noch keinen weiblichen Körper in der Form, wie ihr es jetzt von euren Zeichnungen und Darstellungen her kennt. Erkennt, ich war eine Lichtgestalt, wenn ihr so möchtet, und ich hätte in der Folge genauso gut wie Gott verehrt werden können. Doch ihr habt die Qualitäten und die Geschenke, die ich euch brachte, als weibliche Kraft definiert, und so war ich als Göttin in euren Gebeten geboren. Doch es wird die Zeit kommen, in der ich euch wieder als Lichtgestalt begegnen werde können, nicht als Göttin. Und darauf freue ich mich sehr, denn das wird der Augenblick sein, in dem die Menschheit verstanden hat – mit ihrem Herzen. Die Sarkopharge sind Dimensionstore gewesen, um Körper in andere Ebenen zu begleiten und Informationen, die auch in eurer DNS immer noch gespeichert sind, von den Sternen auf die Erde zu bringen. Tretet heraus aus euren Kammern und erlaubt euch, das Unmögliche für möglich zu halten. Blickt zu den Sternen und erkennt. Blickt auf die Erde und begreift. Ich bin hier, um euch dabei zu unterstützen. Ruft mich, und ich werde Antwort geben.

Dieses ist Isis, und viele Namen preisten mein Sein und meine Herkunft. Beginnt euch selbst zu lobpreisen, eurem eigenen Sein, eurer eigenen Herkunft gemäß, und wir werden uns begegnen können. Schützend lege ich meine Flügel um euch und trage euch sicher durch die Nacht, bis der neue Tag in Freuden erwacht und ihr mit ihm.

Heilkreise und Ahnenfeste

Ein Heilkreis ist eine Zusammenkunft von Gleichgesinnten. Frauen und/oder Männer treffen sich, um sich auszutauschen, um sich zu nähren, um sich Gutes zu tun, um gemeinsam Rituale und Meditationen zu feiern, um zu tanzen, um zu lachen, um miteinander Freude zu teilen. Solche Gemeinschaften gab und gibt es in vielen Kulturen. Man traf bzw. trifft sich in wiederkehrenden Abständen, um sich gegenseitig zu unterstützen und sich aufzutanken. In früheren Zeiten wuchsen tragfähige soziale Strukturen daraus, die die Pfeiler einer funktionierenden Gemeinschaft waren. So wusste jeder, was seine Aufgabe innerhalb der Gruppe war, und er erfüllte diese voll Freude. Damit diente er sich selbst, der Gemeinschaft und dem großen Ganzen. Die regelmäßigen Treffen waren auch als Regulativ wichtig, denn wenn ein Mensch seine Aufgabe nicht mehr erfüllen wollte, hatte das Auswirkungen auf das gesamte Kollektiv. Und so konnte man in diesen Kreisen eine für alle Beteiligten angemessene Lösung finden.

In der heutigen Zeit geht es darum zu erkennen, dass, selbst wenn sich nur eine kleine Anzahl von Menschen trifft, diese stellvertretend für alle Menschen dieser Erde sind. Für uns ist es wichtig zu lernen, dass die gesamte Menschheit eine Familie ist, unabhängig von Hautfarbe, Geschlecht, Religion und Glaubensrichtung. So ist es immer noch wichtig, dass Menschen sich in „Heilkreisen" treffen. Und wenn es keinen in deiner Nähe gibt, dann initiiere einen. Lade immer wieder Menschen zu dir ein, um dich mit ihnen auszutauschen und mit ihnen gemeinsam etwas zu unternehmen. Entscheidend dabei ist, dass das, worüber ihr sprecht, aufbauend ist. Es ist kein Ort, um über andere herzuziehen, zu schimpfen oder in die Wertung zu gehen, denn dadurch wird nur das Leid verstärkt und die Trennung aufrechterhalten. Jeder Mensch auf dieser Erde ist ein Teil von dir. Wenn du über jemand anderen etwas Nicht-liebevolles sagst, meinst du eigentlich dich selbst damit. Denke einmal darüber nach, wenn du möchtest, und beginne achtsamer zu sein mit der Art und Weise, was und wie du über andere sprichst. Der Heilkreis ist ein Ort, der das Leben ehrt und achtet und nicht zerstört, in keinster Weise.

Vor kurzem bot ich im Lichtgarten einen Frauenheilkreis an, um einen Raum zu schaffen und über folgende Themen zu sprechen, darüber nachzudenken und sich auszutauschen: Begegnung mit deinem eigenen Körper, was braucht er, um sich wohl zu fühlen; Aktivierung deiner Selbstheilungskräfte; deine eigene Schönheit erkennen; Sexualität; wie möchtest du die Beziehungen zu dir selbst und zu anderen gestalten; wie kannst du dein Selbstvertrauen und deinen Selbstwert fördern; deine Lebensfreude, deine Lebendigkeit und deine Kreativität wiederentdecken.

Vor dem ersten Treffen teilte mir die geistige Welt mit, dass das Symbol der Gruppe ein roter Apfel sei. Wir sollten deshalb auch mit einer „Apfelbaummeditation" beginnen. Dabei sollte jede sich mit einem blühenden Apfelbaum verbinden und zu einem werden. Sie sollte erkennen, dass er ein Symbol ihres Lebens sei. Jede Blüte steht für eine Idee, ein „Baby", ein Projekt, das bereits umgesetzt wurde oder darauf wartet, dass das geschieht. Es war das Zeichen der Fruchtbarkeit für jede Einzelne von uns und gleichzeitig auch für die Insel Avalon. Vielleicht dient dir das ja als Motivation und als Impuls.

Eine weitere Anregung, die dich nähren und erweitern kann, ist, dich mit deinen Ahnen zu verbinden.

Für mich sind die Ahnen viel mehr als die biologischen Eltern. Dazu zählen für mich auch spirituelle Lehrer und alle Wesenheiten, mit denen ich auch in früheren Inkarnationen oder in anderen Dimensionen vereint war und die mich begleiteten und lehrten.

Der Sinn eines Ahnenfestes besteht darin, die Ahnen um Unterstützung für verschiedene Bereiche deines Lebens zu bitten. Du kannst dabei deine Kraft nähren und erweitern, Vertrauen, Mut, Klarheit und Selbstsicherheit fördern. Wenn du so mit Ahnen in Kontakt trittst, geht es um ihre heile Energie, um ihr lichtes Potenzial, mit dem du dich verbindest. Dadurch stärkst du dein eigenes heiles Sein und die lichten Möglichkeiten in dir. Auch in der Begegnung mit deinen Ahnen kannst du erkennen, dass du niemals alleine in diesem Universum bist. Bei der Kommunikation mit deinen Ahnen spürst du, dass du getragen wirst und eingebettet bist in ein Kollektiv.

Seit Jahren schon versucht uns die geistige Welt immer wieder darauf aufmerksam zu machen, dass der Mensch kein Einzelwesen ist. Selbst ein einzelner Mensch ist in sich bereits eine Summe von vielen Aspekten, also eine Gemeinschaft. Das setzt sich auch im Außen fort: Beim Einkaufen bildet sich eine Gruppe aus den Menschen, die zur gleichen Zeit im Geschäft sind. Diese wiederum sind verbunden mit jenen, die vorher bereits dort waren und denen, die im Laufe der Zeit hier noch einkaufen werden. Nun gibt es Menschen, die sich unsicher fühlen, wenn sie mit anderen zusammen sein müssen; sie haben Angst, in einer Gruppe zu sein. Deshalb habe ich dieses Beispiel mit dem Einkaufen erwähnt. Wir sind immer in Gemeinschaften. Deshalb gibt es gar keinen Grund, sich davor zu fürchten. Wenn du möchtest, kannst du dich auch mit deinen Ahnen verbinden und sie bitten, dich dabei zu unterstützen, die Gemeinsamkeit mit anderen, in welcher Form diese auch immer stattfindet, zu genießen. Früher wartete man auf bestimmte Zeitqualitäten, um sich mit den Ahnen zu verbinden. So war zum Beispiel rund um den ersten November der Kontakt zu ihnen besonders leicht herzustellen, da die Welten sich nahe standen. Das wird auch heute noch in keltischen Bräuchen, in Halloween-Festen und beim traditionellen Besuch auf dem Friedhof gefeiert.

Vor Jahren waren Antan und ich in der Zeit von Allerheiligen in Hawaii. Bereits Wochen vorher wurden die Gärten entsprechend mit Kürbissen und Gespenstern geschmückt. Ich muss gestehen, dass mir Halloween-Dekorationen sehr gefallen und sich mein Herz jedes Mal wieder darüber freuen kann.

Die Nacht vom 31. Oktober auf den ersten November war sehr spannend. Wir waren in einem kleinen Hotel und ich ging früh zu Bett. In der Nacht wurde ich mehrmals wach, da das Licht an- und ausging und es eigenartige Geräusche im Zimmer gab, so als würde jemand darin herumspazieren. Die restlichen Nächte in diesem Hotel waren komplett ruhig und „normal". Dieses Erlebnis hat mich sehr fasziniert.

Ein weiterer, häufig gewählter Zeitpunkt, um mit den Ahnen in Kontakt zu treten, ist die Phase der Menstruation. Es ist eine Zeit, in der das Bedürfnis, nach innen zu gehen, um Kräfte zu sammeln, ganz stark vorhanden ist. Viele Frauen fühlen sich dabei sehr offen, sehr empfänglich für Kontakte und Begegnungen mit feinstofflichen Wesen.

Nicht umsonst gab es Kulturen, in denen sich menstruierende Frauen aus den alltäglichen Arbeiten in ein Frauenhaus zurückzogen. Sie kehrten erst nach Beendigung der Blutung in ihren Alltag zurück. Dies geschah ursprünglich nicht aus der Motivation des Ausschließens, sondern man wollte die magischen Kräfte, über die eine Frau während dieser Zeit verfügt, ehren und sie zum Wohle aller entsprechend nutzen. Wenn du möchtest, kannst du aber auch einen Neumond wählen, um mit deinen Ahnen in Kontakt zu treten. Entscheide dich einfach für den für dich geeigneten Zeitpunkt.

Dabei erlaube dir, dich zu entspannen und stimme dich auf deine folgenden Schritte ein. Wenn du möchtest, entzünde eine Kerze und höre dabei eine für dich angenehme, beruhigende Musik. Du kannst auch einen Kreis von Kristallen um dich stellen, oder du lädst deinen Schutzen-

gel oder einen deiner dir bekannten geistigen Führer ein, jetzt bei dir zu sein und dich zu begleiten. Und dann bitte deine Ahnen zu dir und lausche, was sie dir zu sagen haben. Trage deine Anliegen vor und bitte sie um Unterstützung.

Wie intensiv der Kontakt ist, wie sehr du deine Ahnen wahrnimmst, hängt von dir ab. Falls du dich nicht wohlfühlen solltest, dann brich das Ritual sofort ab. Dabei entlässt du deine Ahnen und alle Energien, die anwesend waren, wieder in ihre jetzige Dimension. Wenn du möchtest, dann räuchere den Raum im Anschluss mit Weihrauch oder Salbei. Wenn du dich unsicher fühlen solltest und dennoch weißt, dass das Ahnenfest für dich wichtig ist, kannst du es auch gemeinsam mit einer Freundin oder einem Freund feiern.

Wenn du deine Ahnen um Mithilfe für persönliche Anliegen bitten solltest, ist es wichtig, dass du dir auch hier vorher über die Konsequenzen deines Wunsches im klaren bist. Deine Ahnen stehen dir auch nicht zur Verfügung, um jemanden zu manipulieren, wie zum Beispiel: „Bitte, liebe Ahnen macht, dass Karlchen Müller mich heiratet, weil ich glaube, dass das gut für ihn ist." Die Wünsche, für die du um Unterstützung bittest, sollten aus deinem Herzen bzw. deiner Seele kommen. Solche Wünsche würden niemals über einen anderen Menschen bestimmen, ihm Entscheidungen oder die freie Wahl abnehmen.

Wenn du das Fest mit deinen Ahnen beenden möchtest, bedanke dich bei ihnen und entlasse sie wieder. Löse den Kristallkreis auf. Verabschiede dich von deinem geistigen Führer oder deinem Schutzengel. Wenn du wieder ganz im Hier und Jetzt gelandet bist, dann schenke deinen Ahnen etwas. Folge deinem ersten Impuls und lege es dann – zum Beispiel – beim nächsten Spaziergang irgendwo in der Natur nieder, als Dankeschön für die Unterstützung, die du erhalten hast und weiterhin bekommen wirst.

Der weiße Drache

Ein andere Form der Unterstützung bietet dir der weiße Drache an. Er spricht zu dir:

Komm, geliebtes Menschenkind. Komm und steige auf meinen Rücken. Ich fliege mit dir empor und schenke dir die Möglichkeit, deine Sichtweisen und deine Standpunkte zu verändern. Dadurch nimmt nicht nur Klarheit in dir Raum, sondern du kannst auch die vielen Facetten einer Situation erkennen. Somit wächst Demut in dir. Habe keine Angst vor dem Wort „Demut", denn es ist eine kraftvolle Energie, die damit beschrieben wird. Es bedeutet, der Mut zum Dienen. Und mit Dienen ist nicht gemeint, dass du dich selbst verlierst, auflöst und aufopferst, sondern dass du dich selbst findest, deine eigentliche Essenz.

Jetzt möchte ich dich bitten, dir eine Situation aus deinem Leben zu wählen, die dich im Moment beschäftigt, bewegt, berührt und belastet. Sieh, sie ist unter uns. Und wir kreisen nun darüber. Wir fliegen darüber. Erlaube dir, wahrzunehmen, wie sich dein Eindruck der Situation verändert, je nachdem, von welchem Blickwinkel aus du sie gerade sehen kannst. Vielleicht spürst du, dass, während wir über den Dingen schweben, sich deine Gefühle, deine Impulse, deine Gedanken im Zusammenhang mit der gewählten Begebenheit erweitern. Es ist einfach ein Spiel aus vielen Farben, das sich dir unter uns offenbart. Jede Farbnuance stellt eine andere Sichtweise dar, wie du die Situation betrachten kannst. Erkenne, dass du eingebettet

*bist in eine Fülle von Möglichkeiten. Dieses Wissen kannst
du nutzen, wenn du aufhörst, gegen etwas oder jemanden
zu sein, wenn du aufhörst, zu kämpfen. Dann kannst du
auch erfahren, erleben, dass jede Situation, möge sie noch
so schwierig erscheinen, dich letztendlich stärkt und aufbaut und niemals schwächen kann.*

*Dabei ist Flexibilität von Wichtigkeit. Flexibel bist du,
wenn du dich immer wieder neu auf ein Geschehen einlassen kannst. Wenn du alte Erfahrungswerte hinter dir lässt
und den Menschen und Energien jeden Moment neu be-
gegnest. Auch das kann ich dich lehren, wenn du möchtest.*

*Und nun werde ich mit dir noch höher fliegen. Spüre,
wie der Wind unseres Fluges deine Körper reinigt und deinen Geist klärt. Für einen Augenblick mache dir jetzt keine
Gedanken über dein Leben, keine Sorgen über deine Zukunft. Sei einfach nur in diesem Moment. Du fliegst mit mir
und du fühlst den Wind. Das ist alles. Und das kannst du
immer wieder tun, egal, wie eng, wie begrenzt eine Situation in deinem Leben zu sein scheint. Erhebe dich mit mir
und fliege – und sei einen Atemzug lang im Hier und Jetzt.*

*Nach unserer Reise, wenn du zurückgekehrt bist und
dir erlaubst, der Veränderung, die geschehen ist, nachzuspüren, wirst du erkennen, dass nichts mehr so sein
wird wie vorher. So erfährst du, was es heißt, dass alles in
permanenter Bewegung und Veränderung ist. Falls du in
deinem Leben Blockierungen wahrnehmen solltest, möchte ich dich aufrufen, dich daraus zu erheben, und sie werden sich von selbst verändern. Du musst nichts dafür tun,*

nicht dafür kämpfen, nicht die große Macherin oder der tolle Manager sein. Lass es von selbst geschehen, lass es fließen. Verstehst du, was ich meine? Und nun lass uns landen.

Und sanft setzt der weiße Drache seine Beine auf der Erde nieder und du kannst absteigen. Während du in deinen Körper wieder vollkommen einziehst und dich reckst und streckst und deine Augen öffnest, fliegt der weiße Drache davon.

Liebe ist

Liebe ist. Der Versuch, Liebe zu beschreiben, zu benennen, zu definieren, ist eigentlich ein Widerspruch zu ihrem Wesen. Denn Liebe ist jenseits jeglicher Worte und Einteilungen. Sie ist unfassbar und unbegreifbar, zumindest für unser mentales Sein. In verschiedenen Schulen und Ausbildungen wird immer wieder von der Liebe gesprochen und der Mensch dazu aufgefordert, sich selbst zu lieben, um andere lieben zu können, da dieses der Schlüssel für Frieden, Harmonie und heiles Sein für alle Ebenen dieses Universum ist. Und so bemühen wir uns, uns selbst und andere zu lieben. Dabei übersehen wir häufig, dass man sich nicht anstrengen muss, um zu lieben. Denn Liebe ist. Liebe ist ein Sein, ein Bewusstsein. Wir sind Liebe, weil wir ein Ausdruck der göttlichen Quelle, die Liebe ist, sind. Wir können gar nicht anders als zu lieben und Liebe zu sein. Das müssen wir weder erarbeiten noch erlernen, das sind wir einfach.

Was auch immer in deinem Leben geschieht, es ist die Liebe, die dahinter steht. Liebe ist die Kraft der Heilung, Liebe ist die Energie, die es dir ermöglicht, deine Träume und Visionen zu erkennen und umzusetzen. Die Liebe lässt uns erfahren, dass es keine Hierarchien, keine Trennungen zwischen den Völkern und Rassen gibt. Wie gesagt, eigentlich reichen alle Worte, die es gibt, nicht aus, um Liebe zu beschreiben. Liebe kann man letztendlich nur erfahren.

Oft haben wir gewisse Vorstellungen und Erwartungen, wie Liebe sein, wie sie aussehen, wie sie sich anfühlen soll. Doch das ist meist nur eine Illusion von Liebe und hat mit ihrem Wesen nichts zu tun. Dieses Universum wurde aus Liebe erschaffen und ist Liebe in jedem Ausdruck, in jeder Zelle. Die Quelle, Gott, die Einheit, egal wie man diese Ebene nennen mag, ist Liebe. Wenn ich als Kind gefragt wurde, was der Sinn des Lebens sei, antwortete ich immer: „Liebe". Ich hatte zwar damals sicher noch keine Ahnung, was ich da so von mir gab, und dennoch sagte ich es mit tiefster Überzeugung aus vollem Herzen.

Liebe, von der ich spreche, hat nichts mit Schmetterlingen im Bauch zu tun, es ist eher wie ein ruhiger unendlicher Fluss in mir. Manchmal ist es einfach Stille. Liebe ist Freiheit.

Als ich eines Tages in der Früh aufwachte, hörte ich eine Stimme, die mir sagte, dass ich mir bewusst sein sollte, dass ich keine einzige Verpflichtung hätte. Bevor ich protestieren und die Wichtigkeit meines vollgestopften Terminkalenders hervorheben wollte, von den familiären Strukturen und Anforderungen ganz zu schweigen, hielt ich kurz inne. Es wurde mir klar, dass alles nur geschaffene Formen waren. Ich hatte die Wahl, wirklich im Hier und Jetzt zu sein, um daraus meine Handlungen aus der Gegenwart sich selbst gebären zu lassen, ohne Plan und ohne Ziel in der Zukunft. Das hatte mir die geistige Welt mitteilen wollen.

Alle Menschen auf dieser Erde bewegen sich im Moment mit großen Schritten in dieses Bewusstsein. Von einem Atemzug zum anderen wäre ich, und wahrscheinlich noch viele von uns, nicht in der Lage, uns von all dem Geplanten zu lösen, um nur mehr im Augenblick zu sein. Doch wir nähern uns dieser neuen Zeitqualität, die auch der Aufstieg in die fünfte Dimension genannt wird. Bis dorthin genieße ich meinen Terminkalender und erfülle ihn auch meist mit Freude.

Ich sprach vorher von der Illusion der Liebe. Diese hängt zusammen mit der Matrix, die seit der Zerstörung von Atlantis ist (vgl. *Kiria Deva und Elyah – Kristallwissen - Der Schlüssel von Atlantis* von Antan Minatti (Smaragd Verlag)).

In den nächsten Jahren wird es mehr und mehr darum gehen, diese Illusion, in der wir uns immer wieder bewegen, zu erkennen, um uns bewusst dafür zu entscheiden, sie nicht länger als unsere Realität zu akzeptieren. Dabei kehren wir zurück zu unserem wahren Sein, unserem Licht, unserer Unendlichkeit, unserer Liebe.

Jedes Mal, wenn du sagst, *Ich kann nicht* oder *Das ist nicht möglich*, befindest du dich in der Matrix. Wenn du an dir und deinen Fähigkeiten und Möglichkeiten zweifelst, wenn wir uns für etwas rechtfertigen, wenn wir glauben, dass wir die Nase des anderen hässlich finden, bewegen wir uns in der Illusion. Vielleicht kennst du den Film *Matrix*. Darin wird sehr deutlich, was ich mit der Illusion und der Essenz, die dahinter verborgen liegt, meine. Abgesehen davon ist der Film schon alleine wegen Keanu Reeves als Hauptdarsteller empfehlenswert und lässt zumindest mein Herz immer wieder höher schlagen.

Im Moment kenne ich noch keinen Menschen auf dieser weiten Welt, der es schaffen würde, permanent in der Einheit zu sein. Wir pendeln alle mehr oder weniger noch zwischen der Illusion und unserem wahren Sein hin und her. Das gehört zu dieser Zeitqualität, das gehört zu unserem Weg. Liebe bedeutet für mich einfach, zu leben. So wie es ist, so wie es war und kommen wird. Liebe durchdringt alle Ebenen und Bereiche.

Liebe heißt für mich auch annehmen, was ist. Der einzige Ort, in dem du Liebe meiner Meinung nach erfahren kannst, wo du alle Antworten auf alle Fragen findest, ist dein Herz. Dort ist deine Wahrheit. Und Wahrheiten gibt es so viele, wie es Menschen auf dieser Erde gibt.

Was hat Liebe nun mit Drachenwesen und mit der Kraft der Weiblichkeit zu tun?

Sternenwesen, so wie unsere Drachengeschwister es sind, helfen uns, das Wesen der Liebe zu erfahren. Sie unterstützen uns, die Matrix zu erkennen und uns daraus zu erheben. Die Liebe selbst vereint die dynamischen und rezeptiven Kräfte in sich. Somit führt sie uns in unser heiles eine Sein, jenseits von Verletzungen, in dem sie Wasser und Feuer in uns verschmelzen lässt.

Während der Transponderheilung in Toronto wurden wir von der geistigen Welt dazu aufgefordert, alle unsere bisherigen Vorstellungen, Erfahrungen, Erwartungen und Wünsche im Bezug auf Beziehungen ziehen zu lassen, um in ein kosmischeres Verständnis von Liebe einzutreten. Die geistige Welt erklärte uns, dass es nicht mehr darum gehen würde, zu sagen „Ich liebe dich!", sondern

„Ich liebe!"

Sie lehrte uns, dass wir uns von der spezifischen Liebe lösen sollten, um einzutauchen in eine bedingungslose Weite, die alles umfasst. Die Uronen, die vorher erwähnten Ureinwohner von Kanada, hätten dieses bereits gewusst und in ihren Gemeinschaften danach gelebt. Ich fragte die Liebe, was sie denn sei, wo sie sei und wie sie sei, und sie lächelte mich an. Sie antwortete:

„Ich bin die Essenz,
die alles durchdringt,
die alles gebiert,
die alles versteht.
Ich bin der Atem und der Hauch,
der alles verbindet und durchwebt
und hinter all den Rollen, Bühnen, Masken steht.
Ich bin die Quelle allen Lebens in diesem Universum.
Ich bin die Sprache des Herzens,
die jedes Wesen versteht.
Ich bin eins mit allen Wesenheiten
und nichts geschieht und existiert
außerhalb meines Seins.
Ich bin in dir, und um dich und hinter dir,
über dir, neben dir.
Ich bin du, und du bist ich."

Traumebenen

Dieses Kapitel ist die Fortsetzung von „Parallele Welten".

Wie bereits erwähnt, gibt es ganz viele verschiedene Ebenen und Wahrnehmungsmöglichkeiten. Ich habe das in den letzten Wochen und Monaten sehr stark in Begegnungen mit anderen Menschen erlebt. Manchmal waren dreidimensionale Begegnungen mit Menschen kurz und unauffällig. Doch energetisch fand ein anderer Austausch statt. Dabei flossen viel mehr Informationen, liefen Filme ab, und ich habe das die ersten paar Male nicht verstanden. Ich dachte dann, ich müsste mit dem anderen darüber sprechen, weil er sicher das Gleiche wie ich wahrgenommen hatte. Doch dem war nicht so.

Manches Mal entstand durch meinen Versuch, das feinstoffliche Erleben zu benennen und mit der dritten Dimension zu verbinden, nur heillose Verwirrung, sowohl in mir als auch in meinem Gegenüber. Also habe ich begonnen, nicht mehr alles auszuplaudern.

Diese energetischen Berührungen, wie ich sie nennen möchte, haben nichts mit Wunschvorstellungen oder bewussten Visualisationen zu tun. Diese feinstofflichen Begegnungen entstehen aus sich selbst heraus und lösen sich dann auch wieder auf, wenn der Kontakt „rund" ist. So, wie in deinem „normalen" Leben auch. Du triffst jemanden, gehst mit ihm ins Kino und Kaffee trinken, und nachdem ihr euch ausgetauscht habt, geht jeder wieder nach Hause. Bei diesen energetischen Treffen gibt es für mich auch nichts zu tun, nichts zu steuern, zu planen, zu wollen, sondern es einfach sein und geschehen zu lassen, fließen zu lassen. Als ich das im Laufe der Zeit erkannte und wusste, ich brauche nicht zu versuchen, diese Wahrnehmung mit der dritten Dimension zu verbinden, weil es ein andere Ebene ist, die ich erfahren darf, nahm Gelassenheit in mir Raum.

Diese Form der erweiterten Wahrnehmung lehrte mich vieles, so zum Beispiel, dass jeder Mensch nur seiner eigenen Stimme folgen kann. Plötzlich war es mir nicht mehr so wichtig, ob andere Menschen das Gleiche sahen wie ich, ob sie das Gleiche dachten, fühlten oder wollten.

Damit möchte ich dich ermutigen, deiner eigenen Realität zu vertrauen und nicht darauf zu warten, dass du eine Bestätigung dafür von außen erhältst. Sie *kann* zwar kommen, doch sie *muss* es nicht, um dir zu beweisen, dass das, was du siehst, weißt oder fühlst, für dich in diesem Moment stimmig ist. Dadurch holst du dir deine Ermächtigung, deine Energie, zurück, die du sonst an Ansichten und Sichtweisen von anderen abgegeben hast. Und deine Kraft gehört zu dir, denn dadurch kannst du klar erkennen, was deine Wahrheit und wie und was dein Weg ist. Diese Klarheit wiederum ist eine Voraussetzung, um deine Mitschöpferkraft bewusst lenken zu können und dir dein Leben so zu manifestieren, wie du es möchtest.

Nun möchte ich dich bitten, kurz inne zu halten. Werde ruhig, entspanne dich und atme ein paar Mal tief ein und aus. Dann gehe mit der Aufmerksamkeit ganz in deinen Körper. In den Bereich deines Unterbauches bzw. deines Magens, also in die Ebene deines zweiten und dritten Chakras. Betrachte dort den Fluss der Energien. Das ist für diese kleine Wahrnehmungsübung das Zentrum deiner Kraft. Ruht dort jetzt eine große, kraftvoll leuchtende Energiekugel, oder führen viele Energiefäden von hier aus fort? Wenn du in dir eine klare Kugel hast, dann ist das wunderbar, denn das heißt, dass deine Energien, deine Ermächtigung bei dir ist. Falls viele Energiefäden von dort wegführen sollten, kannst du ihnen, wenn du möchtest, mit deiner Aufmerksamkeit folgen, um zu erkennen, wohin sie reichen. Das ist aber für die Rückholung deiner Kraft nicht erforderlich. Das kannst du auch machen, ohne dass du weißt, wohin deine Energien laufen. Dazu bleibst du mit deiner Aufmerksamkeit in deinem Bauchraum, und durch deine mentale Ausrichtung ziehst du alle Fäden zu dir zurück und formst mit deinem geistigen Auge eine leuchtende Kugel in der Ebene deines zweiten und dritten Chakras. Dann schließt du die kleine Übung auf eine dir vertraute Weise ab und kommst vollkommen ins Hier und Jetzt zurück.

Dieses Sammeln deiner Kraft ist so ausgerichtet, dass du jene Bereiche siehst, in denen du Energie verstreust, wodurch du aus deinem Gleichgewicht gekommen bist. Dabei werden keine energetischen Verbindungen gelöst, die dich aufbauen und nähren und durch die ein gleichbleibender Austausch von Geben und Nehmen stattfindet.

Diese Anregung kannst du, sooft du möchtest, wiederholen. Dabei wirst du sehr schnell feststellen, wie du mit deiner Kraft umgehst.

Ein weiterer wesentlicher Aspekt bei der Auseinandersetzung mit deiner Wahrheit bzw. parallelen Welten und Traumebenen ist, dass wir dadurch erneut in die Erkenntnis über unser multidimensionales Sein geführt werden. Dazu gehört für mich auch das Thema der unterschiedlichen Ebenen eines „Traumes".

Jeder Mensch träumt, auch wenn er sich am nächsten Morgen nicht daran erinnern kann, wobei, wie ich schon früher gesagt habe, der Begriff „träumen" hier nicht ganz richtig ist. Denn das, wovon ich spreche, ist eigentlich eine vielschichtige Möglichkeit von „Nachterlebnissen", von „Nachtarbeit", denn es geht über die Verarbeitung von Energien aus dem Unterbewussten und Tagesgeschehen hinaus. Dein Energiekörper löst sich in der Nacht von deinem physischen Körper und bleibt mit ihm über die Silberschnur verbunden. Manches Mal bleiben die Menschen einfach im gleichen Raum, in dem sich auch ihr physischer Körper befindet. Manchmal reisen sie zu anderen Sternenebenen oder in ätherische Tempel, um dort in der Zusammenarbeit mit ihren geistigen Begleitern zu lernen. Die feinstofflichen Körper können auch in der Nacht „arbeiten", mit anderen Menschen oder an anderen Orten. Häufig findet so auch ein Treffen von Wesen statt, die etwas gemeinsam erleben. Die „Traumebene" ist außerhalb von Zeit und Raum, und so kannst du auch ganz einfach in die

Vergangenheit als auch in die Zukunft reisen. Nach dem Erwachen kannst du deutlich spüren, was du letzte Nacht getan hast. Auch durch die Intensität einer Empfindung kannst du feststellen, ob es sich dabei „nur" um einen Traum oder um ein tatsächliches Erleben gehandelt hat.

Auch in diesem Zusammenhang möchte ich dich ermutigen, deiner Wahrnehmung zu vertrauen, denn die Zeit ist reif, in der die Menschen aufgerufen sind, sich selbst und die eigene Meisterschaft zu leben. Durch das Erfahren und Wahrnehmen der verschiedenen Ebenen ist es auch ganz leicht nachzuvollziehen, warum Botschaften der geistigen Welt in der dritten Dimension oft noch nicht sichtbar sind, und dennoch stimmen sie. So ist es zum Bespiel nach Aussage der geistigen Welt einfach, Strom über die Freie Energie zu gewinnen, die ja überall ist, denn das ist ihr Wesen. Ich weiß, dass diese Aussage richtig ist. In der Praxis sieht es dennoch so aus, dass es wohl nur ein paar wenigen Menschen, die meist im Verborgenen wirken, bis jetzt gelungen ist, dieses umzusetzen. Meiner Meinung nach gelingt es dann, wenn sich Dimensionen überschneiden und es dadurch in allen Ebenen zu einem Gleichklang kommt. Doch viele Menschen sind enttäuscht, weil sie es nicht verstehen können, warum etwas in der dritten Dimension noch nicht funktioniert, obwohl es vorhergesagt ist und theoretisch auch klappen sollte bzw. könnte.

Wenn du damit beginnst, die unterschiedlichen Dimensionen in dir zu vereinen, was du tust, indem du zuerst einmal zulässt, dass es mehrere gibt, in denen du dich gleichzeitig bewegst, förderst du, dass es auch im Außen immer öfter zu einer Überlappung kommen kann, und somit findet eine Vereinigung statt. Im Moment ist es für mich immer noch ein Geschenk der Gnade, wenn eine feinstoffliche Erfahrung sich mit dem dreidimensionalen Erleben vereint.

Laut Elyah, einer Wesenheit von Kassiopeia, steht dieses Jahr (2003) im Zeichen der Heilung von Materie. Die Auseinandersetzung und das Entdecken der vielen unterschiedlichen Ebenen ist für mich ein Teil davon. Viele Menschen sind nun aufgerufen, ihren Standort in der Materie neu zu benennen und wirklich auf ihr Herz zu hören. Und die Drachenfreunde sind Wesen, die uns dabei unterstützen möchten und es auch tun.

In den letzten Wochen und Monaten konnte ich immer wieder beobachten, dass alle gut gemeinten Ratschläge überflüssig sind. Jeder Mensch kann nur das tun, was ihm im Moment stimmig erscheint. Jeder ist auf seinem richtigen Weg. Es steht mir nicht zu, für jemand anderen eine Entscheidung zu treffen, noch ihn für seine zu bewerten, denn ich kann niemals alle Zusammenhänge erkennen.

Es gibt einen sehr weisen indianischen Spruch, der besagt, dass ich über niemanden etwas sagen kann, bevor ich nicht eine Zeitlang in seinen Mokassins gelaufen bin. Ja, das ist richtig. In der Psychologie würde man wahrscheinlich davon ausgehen, dass das, was ich versucht habe, in diesem Kapitel näher zu beschreiben, eine Flucht aus dem Alltag ist. Ich habe mir eine Traumwelt erschaffen. Aber für mich ist es eine Realität, mit der ich mich wohl fühle. Die beschriebenen Erlebnisse laufen parallel zu meinen alltäglichen Handlungen ab. Ich bin dennoch im Hier und Jetzt präsent. Für mich ist es wie ein Verbinden von Geist und Materie, eine Erweiterung meines gesamten Seins. Das ist für mich ein Schritt auf dem Weg in die fünfte Dimension.

Manchmal frage ich mich, was ich tun, ob ich etwas anders machen würde, wenn ich feststellen müsste, dass all das, woran ich glaube, nicht existiert, dass es keine feinstofflichen Begleiter, keine spirituelle Welt gibt. Dann komme ich für mich immer wieder zum gleichen Ergebnis, dass ich nichts verändern würde. Ich würde mich dennoch mit Engeln beschäftigen, dann wären es einfach nur unterhaltsame Geschichten, doch sie machen mir Freude und Spaß, geben mir Kraft und Ruhe, Hoffnung und Liebe – und das ist es, was für mich zählt.

In deinem Herzen sein

Die eigene Wahrheit, deine innere Klarheit, die Antworten auf all deine Fragen findest du, wie gesagt, in deinem Herzen.

Um die Stimme deiner Seele zu hören, ist es hilfreich, dich immer wieder in deinem Zentrum zu sammeln. Deine Seele hat manchmal eine andere Sichtweise von Dingen als du. Sie ist Liebe und Einverstandensein mit allem, was ist.

Viele von uns wissen aus früheren Seminaren oder Büchern, dass das Hohe Selbst auch 8. Chakra genannt wird. In unserer Vorstellung und in unserer Wahrnehmung befindet es sich über dem 7. Chakra, dem Kronen- oder Scheitelchakra, über unserem physischen Körper. Durch Meditationen und verschiedene Rituale übten wir, einen Kontakt zum Hohen Selbst herzustellen, damit es sein Licht nach „unten" aussenden und damit unsere Körper durchdringen konnte. Wir erlebten unsere göttliche Essenz sozusagen außerhalb von uns, die wir erst in uns und unser Leben einladen mussten. Doch eigentlich dienten all diese Übungen nur dazu, zu erkennen, dass wir bereits Seele sind, dass unser Hohes Selbst in uns ist, dass jede Zelle, die wir sind, bereits beseelt ist und wir auf und mit allen Ebenen unseres Seins eins mit unserer göttlichen Liebe sind.

Auch wenn vielen von uns Anrufungstexte für die Kontaktaufnahme mit unserem Hohen Selbst, mit unserem 8.

Chakra, vertraut sind, damit sein Licht sich mit unseren Körpern verbinden kann, ist die Seele nicht außerhalb von uns, sondern stets in uns. Denn alles was wir sind, jede Faser unseres Seins, ist eins mit ihr.

Für mich ist meine Seele keine individuelle Energie, sondern eine Summe von verschiedenen Aspekten, die ich war, bin und je sein werde. Das Herz ist wie eine Türe für mich, um mir meiner Seele gewahr zu werden und zu sein, und um mich mit ihr unterhalten zu können.

So beginnt für mich jede Meditation mittlerweile damit, dass ich mich auf mein Herz fokussiere und darin meinen göttlichen Kern aktiviere. Dieser ist eins mit meinem Hohen Selbst, und er ist auch eins mit der Erde. In der Folge dient es mir als Startrampe, um mich mit allen Wesen und Ebenen zu verbinden, mit denen ich mich im Moment austauschen möchte bzw. deren Energie für mich im Augenblick unterstützend und hilfreich ist. Ich gebe zu, dass ich nach wie vor ein sehr ungeduldiger Mensch bin (und das wird sich in dieser Inkarnation, glaube ich, auch nicht mehr ändern) und nicht immer auf die Stimme meines Herzens, meiner Seele gewartet, geschweige denn auf sie gehört habe, obwohl ich sie deutlich vernommen habe. Dadurch hatte ich die wunderbare Möglichkeit, einige „Dramen" mehr zu erleben, die sonst nicht gewesen wären. Doch ich, sprich mein, wie ich finde, äußerst liebenswertes Ego wollte meine eigenen Erfahrungen sammeln. Nun denn, ich habe daraus gelernt, wobei ich nicht behaupten möchte, dass es mir nie wieder passieren wird, dass ich auf die

Stimme meines Herzens nicht hören möchte, doch vorgenommen habe ich es mir.

Vielleicht bist du in diesem Zusammenhang ja etwas weiser als ich und folgst den Anregungen deiner inneren Stimme öfter als ich. Ich weiß ja, wie es geht, wie letztendlich jeder von uns. Doch was wir daraus machen, ist unsere freie Wahl.

Und so möchte ich dich jetzt einladen, dich bequem hinzusetzen und dir zu erlauben, dich mit ein paar Atemzügen in eine angenehme Entspannung zu bringen. Dann gehe mit deiner Aufmerksamkeit in dein Herzzentrum. Wenn du möchtest, stelle es dir als goldenen Tempel oder als weiße Lotusblüte vor. Und tritt ein in das Zentrum deines Bildes. Fühle das Licht, die Einheit, die Liebe, die Geborgenheit, die dort ist. Spüre die Christuspräsenz, die in deinem Herzen ruht, und tauche vollkommen ein in diese Energie, in diese Kraft, in dieses Bewusstsein. Aus deinem Herzzentrum, aus der Einheit mit deiner Seele und mit der Erde, fließt Weite in dein System. Alles, was du brauchst, liegt hier und wartet darauf, dass du es annimmst: Klarheit, Mut, Vertrauen, Selbsterkenntnis, Selbstsicherheit, Fülle.

Wenn du in deinem Herzen ruhst, gibt es keinen Mangel mehr in dir, in keiner Ebene, in keinem Bereich deines Lebens. Stille, Frieden, Gelassenheit, Einheit ist in deinem Zentrum und strömt nun durch alle Zellen deines Seins.

Jetzt kannst du deinem Herzen, deiner Seele Fragen stellen, wenn du möchtest. Oder du lauschst einfach und hörst zu, was dein Herz dir für Impulse für dein Leben ge-

ben möchte. Oder du verbindest dich bewusst mit einem Engel, einer Wesenheit aus der geistigen Welt oder auch mit einem Drachenwesen und bittest sie um konkrete Unterstützung für einen bestimmten Bereich deines Alltags. So erlaube dir, dich Schritt für Schritt mehr der Führung deiner Seele zu übergeben. Die Verbindung mit deinem Herzen soll dich vermehrt ins Hier und Jetzt bringen und nicht aus deinem Alltag heraus. Beobachte dich selbst dabei.

Lebensfreude

Vor allen Dingen in den sogenannten spirituellen Kreisen konnte ich immer wieder beobachten, wie ungern die Menschen eigentlich leben. In den Einzelsitzungen werden häufig Fragen gestellt wie: Werde ich in dieser Inkarnation noch Erleuchtung erfahren? Ist dieses mein letztes Leben auf der Erde? Wie ist meine geistige Entwicklung vorangeschritten? Wie weit ist mein Lichtkörper entwickelt? Kann ich bereits mit dem Lichtnahrungsprozess beginnen? Und, und, und...

Es gibt einen alten Spruch der besagt: *Bevor du leben kannst, musst du sterben.* Ich glaube auch, dass, bevor jemand in die fünfte Dimension aufsteigen kann, er erst die dritte erfahren, mehr noch, sie lieben gelernt haben muss. Das ist für mich Lebensfreude. Das ist für mich auch die Freiheit, keinen Normen und Vorgaben mehr zu entsprechen, es sei denn, man möchte das im Moment gerade.

In den letzten Monaten habe ich für mich herausgefunden, je länger ich meinen spirituellen Weg gehe, desto größer wird meine Neugierde, zu entdecken und Neues zu erfahren. Es gibt noch so viele Bereiche in der dritten Dimension, die ich noch nicht ausprobiert habe. Eine starke Kraft, ein Wunsch nach Leben, es zu durchdringen, ist in mir gewachsen. Deshalb bin ich manchmal dankbar, dass die Entwicklung der Menschheit in dem Tempo geht, wie es gerade ist. Würden wir uns alle von heute auf morgen in der fünften Dimension bewegen, wir wären schlicht und ergreifend überfordert. Mir persönlich würde sicher einiges fehlen, das, wenn ich es bewusst erfahren hätte, sich selbst sanft gelöst hätte. Lebensfreude ist Liebe. Und das ist das erschaffende, weibliche Prinzip, durch und durch.

Die Liebe zu dir selbst und die Drachenbotschaft dazu

Die Beziehung zu dir selbst ist die Basis für liebevolle Begegnungen mit anderen Menschen und Wesen. Die Liebe zu mir selbst öffnet für mich zum Beispiel Türen, um die Weiblichkeit der Materie zu erfahren, um im eigenen Körper anzukommen, und sie lässt mich die Liebe zur Schöpfung mit jeder Faser meines Seins erleben. Ein Ausdruck der Selbstliebe ist für mich, dass ich so sein kann, wie ich im Moment bin, Ich brauche keine besonderen Rollen zu spielen, keinen Vorstellungen oder Erwartungen zu entsprechen, um geliebt zu werden. Alles darf ich sein, alles ist erlaubt, alles ist in Ordnung! Auf dem Weg der Liebe zu mir selbst ist Ehrlichkeit nötig. Dabei hilft dir die Frage, die du dir ruhig mehrmals täglich stellen darfst: „Was kann ich mir heute, was kann ich mir im Moment Gutes tun? Was brauchen meine Körper heute von mir?"

In dieser Zeit passiert energetisch so viel, dass unsere physischen Körper manchmal ein bisschen Mühe haben, die Veränderungen zu integrieren. Das kann zu Disharmonien oder Unwohlsein führen. Die geistige Welt hat in diesem Zusammenhang erwähnt, wir sollen uns vorstellen, dass die Christuspräsenz, die Mitschöpferkraft, immer mehr in uns aktiviert wird, wir uns ihrer immer häufiger bewusst werden. Doch aufgrund der Glaubenssätze des Leids aus dem auslaufenden Fischezeitalter in uns nutzen wir die freien Kraftkapazitäten noch, um diese alten Programmierungen zu erfüllen. Das führt zu einem verstärkten Auftreten von physischen und psychischen Symptomen, die wir Krankheiten nennen. Die geistige Welt meint allerdings auch dazu, dass sich das in den nächsten Jahren schnell ändern und auflösen wird, da wir mehr und mehr mit allen unseren Körpern in das Bewusstsein des Neuen Zeitalters hinein treten werden.

Doch gerade während dieser Phase des Übergangs von alten Mustern in das neue Sein ist der liebevolle Kontakt mit deinem Körper besonders wichtig. Dich massieren zu lassen und dich deinem Wesen entsprechend zu bewegen (egal, ob das Schwimmen, Tanzen, Yoga, Spazierengehen oder einfache Dehnungsübungen sind) – all das unterstützt deinen Körper bzw. dient der Vereinigung all deiner Körperebenen. In der Einheit mit deinem Herzen sagt es dir auch ganz genau, welche Nahrung du im Moment brauchst, die dich aufbaut. Denn das ist individuell verschieden und auch zeitlich unterschiedlich. Für den einen Menschen kann es wichtig sein, sich im Augenblick vegetarisch zu ernähren, für den anderen ist Fleisch hilfreich, und das kann auch wechseln. Ich glaube nicht, dass man anhand der Ernährung etwas über den Bewusstseinsstand eines Menschen aussagen kann. Das finde ich zu einfach zu linear.

Weitere Fragen auf dem Weg zu deiner Selbstliebe sind für mich: „Kannst du dich selbst genießen? Kannst du dich darüber freuen, dass du so bist, wie du bist und dich dabei toll fühlen? Kannst du dir etwas, was dir gefällt, anziehen, einfach weil es dir gefällt bzw. weil du dir darin gefällst und du es für dich trägst? Was tust du für dich, damit du dich wohlfühlst und dich an deinem Hiersein erfreust? Was tust du für dich, um aus Energien des Mangels, der Enge (auch der finanziellen) in die Weite, in die Unendlichkeit einzutauchen?"

Diese und ähnliche Fragen kannst du dir immer wieder stellen, wenn du möchtest, denn ihre Antworten helfen dir, dir deiner selbst gewahr zu werden und deine Energien durch deine vermehrte Aufmerksamkeit auf dich zu lenken, immer wieder zu dir zurück fließen zu lassen in einer Art und Weise, mit der du dein Leben kraftvoll gestalten kannst.

Die geistige Welt erklärte mir, und das finde ich sehr interessant, dass, selbst wenn ich eine Disharmonie in mir spüre, ich nicht sagen soll, etwas sei mit mir nicht in Ordnung. Trotz einer möglichen Erkrankung sei alles in mir und an mir in göttlicher Harmonie. Außerdem würden wir Menschen meinen, es sei ein statischer Zustand, in unserer Mitte zu sein. Doch dem wäre nicht so. Sie sagten:

„Im Leben geht es immer um das Gleichgewicht der Energien, dazu bedarf es einer ständigen Bewegung, eines permanenten Ausbalancierens der Kräfte. Das ist kosmische Harmonie, die Folge davon ist Gesundheit in und auf allen Ebenen."

Unsere feinstofflichen Begleiter bitten uns immer wieder, Harmonie in einem holistischeren Blickwinkel zu erkennen. Dabei geht es nicht primär um ein individuelles Wohlbefinden, sondern um ein Gleichgewicht der Kräfte, auf dieses gesamte Universum bezogen.

Das, was du empfindest, wie du dich fühlst, steht immer in Kommunikation mit dem Ort, an dem du dich befindest, mit den Menschen, die anwesend sind, mit den feinstofflichen Ebenen, die darauf wirken, mit multidimensionalen Aspekten von dir auf andere Sternenwelten, und, und, und. Dabei geht es nicht darum, dich zu motivieren, deine Verantwortung abzugeben und zu sagen, die anderen sind, das andere ist „schuld" daran, dass es mir jetzt so geht, wie es mir gerade geht. Sondern vielmehr ist es mir ein Anliegen, dir immer wieder die Vernetzung mit allem, was ist, vor Augen zu führen. So könnte es sein, dass der Hintergrund einer grippalen Infektion, die du gerade erlebst, folgender ist: Dadurch ermöglichst du einem Seelenaspekt von dir, der sich auf Sirius befindet, das Potenzial, das du für ihn im Moment darstellst, auf Grund deines energetischen Ungleichgewichts für den Aufbau einer Kommunikationslinie zu einer anderen Sternenebene zu verwenden. Denn alles, auch jede Disharmonie, ist einfach nur Schwingung, ohne Wertung. In diesem Beispiel hättest du dich bereit erklärt, über eine Erkrankung ein Schwingungsfeld aufzubauen, die dein sirianischer Seelenaspekt durch den ständigen Austausch, durch die Einheit mit dir, für sein Tun nutzen kann.

Auf der Erde reagieren wir Menschen oft, indem wir, wenn jemand zum Beispiel Nierenschmerzen hat, diesen dann schnell in eine Schublade packen und sagen: „Aha,

Nieren stehen für Beziehungen. Also hat er in diesem Bereich eine Blockierung. Naja, das ist ja kein Wunder, so wie er sich verhält. Das habe ich schon immer gewusst oder mir zumindest gedacht, und überhaupt hat er sich das ja selbst kreiert."

Die geistige Welt würde dazu sagen: „Wie lieblos geht ihr miteinander um!"

Anhand dieser Beispiele möchte ich dich bitten, achtsamer zu sein mit deinen Einteilungen und deinen Schlüssen. Ich übe mich auch darin und versuche, bevor ich etwas sage, ein Thema oder eine Situation ganzheitlich zu erfassen, mit Hilfe meines Herzens. Deshalb finde ich es mittlerweile viel angemessener, immer wieder mich selbst zu fragen, was kann ich mir Gutes tun, anstatt mich permanent zu hinterfragen, woher kommt dies und jenes, was habe ich jetzt schon wieder nicht verstanden oder nicht umsetzen können. Wenn du möchtest, dann spüre in die beiden Vorgehensweisen hinein: Welche baut dich auf und macht dich weit, und welche verengt dein Sein? Dass du dem folgen sollst, was dich weitet und nicht dem, was dich einschränkt, – das haben schon viele Menschen vor mir gesagt, und diese Aussage hat noch immer Gültigkeit.

In den letzten Wochen und Monaten habe ich bei mir und auch in meinem Umfeld immer wieder beobachtet, dass wir viel zu leicht Kompromisse eingehen und uns dann wundern, warum wir selten das erhalten, was wir bestellt haben – wie zum Beispiel lieber eine schlechte Beziehung zu leben, als gar keine; lieber an Dingen, Menschen, Orten festzuhalten, als die vermeintliche Sicherheit aufzugeben, um wirklich für das einzustehen, was wir tief im Herzen möchten. Auch ich lebe noch viel zu viel Kompromisse für meinen Geschmack, doch ich habe mir fest vorgenommen, in diesem Punkt ehrlicher und achtsamer mit mir selbst zu sein. Dafür brauche ich Klarheit in mir, und diese finde ich in meinem Herzen. Durch die Kommunikation mit meinem Herzen wird es in der Folge auch keine Kämpfe mehr geben bei der Umsetzung meiner Visionen, weil so die Klarheit mit der Liebe verbunden ist.

Doch jetzt möchte ich noch einmal auf die kosmische Harmonie zurückkehren und wie diese zu verstehen ist. Es ist wichtig, dass die Menschen, die eine Disharmonie verspüren, sich nicht als getrennt erleben und glauben, es sei ihre individuelle Erkrankung, die nichts mit anderen Menschen, Wesen, Ebenen oder Dimensionen zu tun hat. Denn möglicherweise wird ein Unwohlsein erst durch diese Einstellung zu einer kraftvollen Störung. Wird sie jedoch im Zusammenhang mit dem Universum betrachtet, entpuppt sie sich nur als kleine Welle, die schnell vorübergezogen sein wird.

Die geistige Welt spricht immer wieder von Leichtigkeit, die wir erkennen und leben können. Leichtigkeit heißt für mich nicht, zwei Meter oder mehr heilig über den Boden zu schweben, stets freundlich lächelnd und tanzend. Leichtigkeit bedeutet für mich, alles so zu nehmen, wie es kommt; jede Erfahrung, egal ob sie lustig oder traurig zu sein scheint, auf die gleiche Art und Weise willkommen zu heißen und das Spiel darin zu erkennen. Leichtigkeit ist für mich, nicht alles so ernst oder so wichtig zu nehmen, einschließlich mich selbst und meine Persönlichkeitsaspekte. Leben und Liebe sind für mich eins. Leben ist Annahme. Viele Menschen haben die Tendenz, wenn sie eine Disharmonie an sich oder in uns feststellen, sie so schnell wie möglich wieder fortzuschicken. Aber dein Körper möchte dir etwas mitteilen, er möchte mit dir sprechen, und du willst, dass er funktioniert und seine Leistung bringt, und zwar nach *deinen* Vorstellungen. Ist das ein liebevoller Umgang mit dir selbst?

Es geht um die Zusammenarbeit mit deinen Körpern, und dazu ist Kommunikation wichtig. Die geistige Welt meinte, es würde in nächster Zeit vermehrt darum gehen, die Menschen zu unterstützen, ihren eigenen Weg der Heilung zu finden.

Das ist über die Verbindung mit deinem Herzen möglich, denn dort wirst du erkennen, was für dich heilsam, nährend und aufbauend ist. Dabei geht es darum, aus der Fülle aller Möglichkeiten zu schöpfen. Es kann für jemanden auch *sein* Weg der Heilung sein, die Angebote der klassischen schulmedizinischen Medizin mit einzubeziehen. Es geht hier nicht um Trennung, sondern darum, dass jede Heilung einzigartig ist und auf die Gesamtheit des einzelnen Menschen abgestimmt werden kann und auch sollte. Doch die Ermächtigung und die Heilungsbefähigung, die in jedem Menschenwesen liegt, bleibt beim Einzelnen und wird nicht an andere, an Institutionen, an Heiler, an Medien etc. abgegeben.

Die geistige Welt möchte die Menschen dazu auffordern, in die Kommunikation mit dem eigenen Körper zu gehen. Wenn du einen Scheidenpilz hast, dann frage deine Scheide, was sie möchte. Wenn dir dein rechtes Knie weh tut, dann frage es, was es braucht, um zu gesunden. Doch es ist noch nicht genug, deinem Körper, deinen Organen zuzuhören. Du musst auch, wenn du möchtest, dass Heilung geschieht, Schritte setzen. Manchmal kehren Symptome zurück, weil du zwar mit der Kommunikation begonnen hast, sie dann aber wieder unterbrochen wurde. Es geht darum, dass die Gespräche mit dir selbst ausgedehnt und ausgebaut und zu einem natürlichen Umgang mit dir selbst werden.

In dem Buch *Der Geist der Regenbogenschlange* von Merilyn Tunneshende (Econ Verlag) sagt die Schamanin, dass das Gehirn der Frau ihr Uterus sei. Darin steckt sehr viel Weisheit, denn viel Wissen ist dort gespeichert. In der Gebärmutter liegen verborgene Fähigkeiten, Kräfte, Erinnerungen, und sie kann, wenn du es erlaubst, wie eine innere Stimme, einer Intuition gleich, wirken. Vor allen Dingen würde sie dich nie belügen, im Gegensatz zu deiner mentalen Ebene, die dir oft das sagt, was du hören möchtest und nicht das, was ist. Probiere es einmal aus und frage deinen Uterus, was seine Meinung zu einer bestimmten Situation ist. Selbst wenn er durch eine Operation entfernt wurde, ist die energetische Erinnerung noch in deinem Sein, und du kannst mit dieser kommunizieren und bei der Gelegenheit schauen, ob du noch etwas brauchst, um die Operation zu verarbeiten oder ob dieses bereits geschehen ist.

Die geistige Welt regte unlängst an, dass eine Frau doch mal ihre Vagina befragen sollte, was diese zu einem Mann sagen würde, den sie auf den ersten Eindruck sympathisch fände. Sie solle beobachten, ob sie gleicher Meinung sein würden. Sie solle ihre Scheide befragen, wie sich aus ihrer Sicht ein befriedigendes Sexualleben darstellen könnte und ob sie mit der Wahl des Partners zufrieden sei oder lieber mit jemand anderem verschmelzen möchte.

Welche Körperteile du auch immer befragen möchtest, und welche Fragen du stellst, es geht um die Begegnung mit dir selbst – die Basis für so viele Bereiche deines Lebens. So können wir also sagen, Selbstliebe ist Kommunikation mit dir selbst.

Selbstliebe bedeutet nicht nur, dir teure Autos zu kaufen und immer schick essen zu gehen, sondern Selbstliebe ist eine innere Haltung, und die einzig wichtige Frage in diesem Zusammenhang lautet: „Bin ich bereit, mit mir (in der Vielfalt der Ebenen, die ich bin) zu kommunizieren und den Kontakt zu halten?"

Und die Drachenbotschaft zur Liebe zu dir selbst ist:

Höre auf dich. Ich bin ein Drache der Erde, der zu dir spricht. Ich habe lange Zeit die Menschen beobachtet, sie kamen und gingen, in verschiedenen Ländern und unterschiedliche Rassen, und doch sind sie, seid ihr alle gleich. Erkenne, es ist wichtig, dich als Teil eines großen Ganzen zu erfahren, denn das bringt Heilung. Du bist eingebunden in ein Netz, und das heißt Universum. Wenn du dich allein oder getrennt fühlst, kannst du nicht kommunizieren, und die Energien können nicht frei fließen. Ein Ungleichgewicht ist immer ein Überschuss oder eine Unterversorgung von Energien innerhalb eines Systems. Um wieder einen Ausgleich der Energien herzustellen, brauchst du Verbindungen. Die Heilungsmethoden der neuen Zeit werden auf diesem Prinzip beruhen.

Systeme, die im Ungleichgewicht sind, werden ausgeglichen und die Kräfte des gesamten Kosmos dabei miteinbezogen. Kristalle, Farben und Klänge werden die Träger und Mittler sein, um Informationen und Energien in die Weiten des Alls zu transportieren und dementsprechend zu transformieren, wie es angemessen für alle Beteiligten sein wird, damit Kreatives und Neues erschaffen werden kann. Denn das, was auf der Erde eine Erkrankung auslösen kann, fördert in einem anderen Planetensystem die Geburt einer neuen Spezies.

Ich bin ein alter Drache – wie ihr mich nennen würdet. Doch das „alt" bezieht sich auf die Fülle an Weisheit, die in mir ist. Ich kommunizierte und tue dieses immer noch mit vielen Sternen, Völkern und Rassen in diesem Universum, und durch diesen Austausch wuchs meine Weisheit. Mein Körper ist eine Sammlung von Energien, die in mir und mit mir vereinigt sind, könnte man sagen, und ich bin sehr stolz auf ihn, denn er schenkt mir die Möglichkeit, mich mit anderen Wesen und Energien zu verbinden.

Wenn ihr euer heiles Sein erfahren möchtet, – und das möchtet ihr, das sagen mir eure Herzen –, dann erlaubt euch, herauszutreten aus euren Kammern, Wohnungen und Häusern. Reißt die Zäune nieder und eure Begrenzungen und begegnet einander. Öffnet euch und seht in den Himmel, öffnet euch und erkennt die Schönheit der Erde. Öffnet euch und begegnet euch.

Das wird dich in der Folge zu dir selbst bringen. Der Weg der Selbstliebe führt dich nicht in die Trennung und in die Isolation, sondern er zeigt dir deine Verbundenheit mit allem, was ist.

Ich möchte dich jetzt einladen, dich hinzusetzen und still zu sein. Beobachte das Spiel des Lichts, das zwischen dir und dem Stuhl, dem Teppich oder dem Gras ist. Beobachte das Spiel des Lichts zwischen dir und den Dingen und den Pflanzen, die dich im Moment umgeben. Ein Teppich aus Licht, ein Teppich aus Liebe bist du, und er umgibt dich. Er trägt dich, und er verbindet dich mit allem Leben. Die Liebe zu dir selbst ist die Liebe zur Schöpfung. Gehe hinaus in die Welt, um dich selbst zu finden. Erkenne und begreife. Und sei gesegnet aus dem Reich der Drachen.

Das kannst du dir selbst Gutes tun

Da die Liebe zu dir selbst ein so wesentlicher Schlüssel für so viele Bereiche in diesem Universum ist, möchte ich dir dieses Kapitel als Anregung mitgeben. Die einzelnen Punkte werden nur stichwortartig erwähnt. Wenn du möchtest, ergänze meine Vorschläge durch deine eigenen Ideen und persönlichen Vorlieben:

- Ein heißes duftendes Bad nehmen;
- bei Vollmond spazieren gehen;
- einen lustigen Film anschauen;
- aus Ton etwas formen;
- mit Freunden quasseln;
- einen Spieleabend initiieren;
- dich selbst genussvoll befriedigen;
- ein spannendes Buch lesen oder selbst eines schreiben;
- malen;
- dir selbst einen Brief schicken;
- Essen gehen bzw. dich dazu einladen lassen;
- Schwimmen gehen, faulenzen und in der Sonne liegen;
- in die Sauna gehen;
- rodeln oder Eis laufen gehen;
- einfach still da sitzen, nichts tun, atmen und dich am Leben erfreuen;
- dich selbst massieren oder dich massieren lassen;

- tanzen;
- dich im Spiegel betrachten und dich anlächeln;
- dein Ohr auf das Gras legen und hören, wie es wächst;
- meditieren;
- dich mit deinem Drachen unterhalten;
- neue Ideen gebären und dir einen Plan machen, wie du sie umsetzen kannst;
- in die Natur gehen;
- Eis essen;
- Musik hören und laut mitsingen;
- dir selbst ein Geschenk machen;
- Selbstgespräche führen in jeglicher Form;
- etwas tun, was du schon immer einmal ausprobieren wolltest;
- träumen.

Die Liebe zu Partnern und die Drachenbotschaft dazu

In einem neueren Buch von Luisa Francia (*Das Gras wachsen hören* (Nymphenburger Verlag)) las ich unlängst von ihren Beobachtungen, dass Frauen viel klarer in ihrer Kraft sein könnten, wenn sie keinen Partner oder keine Partnerin hätten. Und sie fragte sich, warum dieses wohl so sei.

Darüber habe ich nachgedacht und kann dieses nach meinen eigenen Erfahrungen bestätigen:

Zuerst war die Phase des Verliebtseins, bei der ich immer das Gefühl hatte, alles wäre möglich, der Verstand hätte nichts zu melden. Die Welt war durch und durch rosa und ich hatte nur noch das Bedürfnis, mit diesem auserwählten Menschen zusammen zu sein, um mit ihm permanent zu verschmelzen. Mit der Zeit passte ich meinen Lebensrhythmus immer mehr dem meines Partners an. Und irgendwann kam dann, was kommen musste: die Partnerschaft löste sich, damit ich wieder genug Raum hatte, mich selbst zu finden. Und als ich dann wieder das Gefühl hatte, zu wissen, wo es für mich lang geht und ich mit mir selbst und allem zufrieden war, kam die nächste Partnerschaft, und das Spiel ging wieder von vorne los.

Die Erkenntnis, die ich für mich daraus ziehe, ist nicht, keine Partnerschaften mehr zu leben, sondern vielmehr, dass wir Menschen vielleicht noch nicht ganz verstanden haben, wie eine zu leben ist. Denn eigentlich sollte das

Zusammensein von Menschen meinem Verständnis nach für alle Beteiligten erweiternd und fördernd sein und nicht einengend und beschränkend.

Seit einigen Jahren schon gibt die geistige Welt immer wieder Botschaften zur Erweiterung unserer Beziehungen durch. Sie sagt dazu:

Wenn du jemanden wirklich liebst, dann freust du dich auch mit ihm, selbst wenn er sich in einen anderen Menschen verliebt. Das ist freie, bedingungslose Liebe, jenseits von Besitzansprüchen, Verlustängsten und Abhängigkeiten.

Theoretisch finde ich das ja ganz nachvollziehbar und kann dem zustimmen, praktisch bezweifle ich, dass ich das schon so locker sehen und nehmen könnte.

Eine liebe und enge Freundin von mir war seit längerem verheiratet und hatte eigentlich den Eindruck, recht zufrieden mit ihrem Leben zu sein – bis sie einen Mann traf, der ihr heiles Weltbild stark ins Wanken brachte, weil sie sich unendlich in ihn verliebte. Diese Begegnung brachte sehr viel Veränderung in ihr Leben. Meine Freundin ist eine spirituelle Frau, die immer wieder versucht, Theorie mit Praxis zu verbinden. Obwohl sie tief in ihrem Inneren um die Richtigkeit der Entwicklung wusste und dass es keinen Grund für Schmerz geben und diese Situation alle Beteiligten in die Freiheit begleiten würde, war es doch ein emotionales Auf und Ab, das sie wochenlang begleitete. Wut, Verletzungen, Freude, Verständnis, das Gefühl, davonlaufen zu wollen, und, und, und – all das wechselte sich ab. Alle Ebenen, Energien brauchten Zeit, um gelebt und angenommen zu werden.

Dadurch wurde es ihr Schritt für Schritt möglich, in einen inneren Frieden zu kommen und in sich Stabilität zu spüren. Viele Menschen hatten ihr Ratschläge erteilt, doch das hatte ihr letztendlich nicht viel weitergeholfen. Sie musste, aus ihrer Sicht, zu dem Punkt kommen, an dem sie erkannte, dass sie ihren Weg nur auf ihre eigene Art und Weise gehen kann, egal ob andere das gut oder weniger gut finden. Die Frau wusste jetzt, dass sie nur ihrem eigenen Herzen folgen konnte. Seit dieser Erkenntnis begann Ruhe in ihr zu wachsen.

Und eine zweite wichtige Erfahrung machte sie: Sie entdeckte, dass sie sich viel zu sehr mit den äußeren Umständen identifiziert hatte. Wenn die Partnerschaft lief, wenn ihre Kinder sich wohl fühlten, dann war alles in Ordnung und sie konnte sich der Welt zeigen. Doch nun erlebte sie, dass ringsherum in ihrem Leben Chaos herrschte und sie dennoch nach außen gehen konnte, nämlich so, wie sie war. Und jede Facette durfte sein, weil sie sie ins Herz geschlossen hatte. Das gab ihr eine Energie der Freiheit. Dabei fokussierte sie sich einfach auf ihre Ich-bin Gegenwart. Und selbst wenn um sie herum alles drunter und drüber ging – es konnte ihrer Essenz nichts anhaben, noch sie erschüttern oder verletzen. So fand sie für sich den Zugang zu ihrer inneren Stärke und ihrem inneren Vertrauen wieder.

Während ich den Weg meiner Freundin beobachtete,

fiel mir häufig auf, wie wichtig es ist, die Dinge sein zu lassen und allem Raum zu geben, ohne dabei ins Drama zu stürzen. Alle Gefühle willkommen zu heißen und dennoch zu wissen, dass du mehr als deine Emotionen bist.

Bei jeder Veränderung ist es wichtig, der Trauer und ihrem Rhythmus Raum zu geben. Das kennen viele von uns ja bereits aus der Sterbebegleitung, nämlich dass Menschen, die einen geliebten Angehörigen verloren haben, bestimmte Phasen der Trauerbewältigung durchlaufen müssen, um das Erlebte konstruktiv zu verarbeiten. Erst dann können sie sich wieder frei fühlen und ihr Leben auf ihre eigene Art und in Freude gestalten.

Das ist nach einer großen Veränderung in einer Beziehung nicht anders. In welcher Form und wie lange die einzelnen Schritte durchlebt werden, ist von Mensch zu Mensch unterschiedlich. Doch diesen Weg zu gehen, – das ist für mich Heilung.

Das Thema Partnerschaft beschäftigt im Moment viele Menschen, wie mir scheint. Entweder deshalb, weil sie ähnliche Erfahrungen gemacht haben wie meine Freundin, oder weil sie auf der Suche nach der sogenannten wahren Liebe sind, auf die ich später noch näher eingehen möchte. Wie auch immer – was ich dabei als sehr hilfreich empfinde, ist, dich immer wieder mit deinem Herzen zu verbinden, um dort deine Antworten und deinen Weg zu erkennen, unabhängig von äußeren Umständen. Ich glaube auch, dass es für viele Menschen, mich eingeschlossen, wichtig ist, aus einem Glaubenssatz herauszutreten, dass alles sofort und auf der Stelle passieren muss, da ihnen sonst die Zeit in den Händen zerrinnt und sie nicht mehr alles erleben können, was sie möchten. Doch das ist nur die Matrix, die uns das erzählen möchte. In Wahrheit kann uns nichts davonlaufen und wir werden alles erfahren dürfen, was wir möchten. Es gibt kein *zu spät* oder *zu alt*.

Was ich noch hilfreich im Zusammenhang mit Partnerschaft finde, ist, wie bereits vorher schon erwähnt, die Kommunikation mit deinen Zellen, deinen Körpern, deinen Organen, deinen Aspekten. Allerdings nicht in einer strengen Art und Weise, sondern in einer liebevollen, respektvollen, im Hinblick darauf, was die unterschiedlichen Ebenen deines Seins nährt und aufbaut, denn die Beziehung zu dir setzt sich in den Beziehungen mit anderen fort.

Die geistige Welt betonte in den letzten Monaten auch immer wieder, dass es bei Veränderungen innerhalb einer Partnerschaft nicht mehr ums Trennen in einem herkömmlichen Sinne geht, sondern ums Verbinden. Das ist zum Beispiel auch ein Grund, warum meine Freundin sich nicht scheiden lassen möchte und immer noch in einer Form mit ihrem ehemaligen Partner (ich merke gerade, dass in unserer Sprache, die passenden Wörter noch fehlen, um solche „neuen" Umstände klar und geeignet zu benennen) zusammenlebt. Es geht nicht mehr darum zu sagen: „Das war es. Aus. Amen. Ich packe meine Koffer und ziehe aus", sondern darum, immer wieder einen Neubeginn zu setzen. Das heißt nicht, zu versuchen, mit allen Mitteln etwas zu kitten, was nicht zu kitten ist. Es heißt auch nicht, aus Angst oder Unsicherheit in einer Partnerschaft zu bleiben, die eigentlich nur noch der Form nach besteht, und dadurch zu leiden. Es geht vielmehr um die Aufforderung, immer wieder im Hier und Jetzt zu sein, immer wieder mit deinem Herzen verbunden zu sein und immer wieder das Verbindende zu den Menschen, die in diesem Moment in deinem Raum, in deinem Leben sind, zu erkennen. Und daraus formt sich ganz klar dein Weg, dein nächster Schritt, ohne Leid, ohne Drama, ohne Mangel. Und während du bei dir bleibst, auf diese Art und Weise, schenkst du dir selbst und allen Menschen in deinem Umfeld die Freiheit, das zu sein, was sie sind, und dorthin zu gehen, wo sie hingehen möchten.

Ich weiß schon was du sagen möchtest: „Ja, ja in der Theorie klingt alles immer ganz einfach, aber in der Praxis ...“

Du hast Recht, in der Theorie klingt alles ganz einfach, weil sie sich an die göttliche Essenz in uns erinnert und uns dazu motivieren möchte, es auch zu tun. Und die Praxis ist unser Agieren in der Matrix, das sich immer mehr der Theorie angleicht. Das ist doch wunderbar so, und du darfst dir jede Zeit der Welt geben, die „Praxis" noch auszukosten, bevor du auch in die „Theorie" eintauchen möchtest.

Die Sehnsucht nach Vereinigung, nach Partnerschaft ist groß, was ich sehr gut verstehen kann. Ich glaube, dass es unser tiefstes inneres Sein ist, miteinander zu teilen, uns mitzuteilen, uns zu vereinen. In meinem Verständnis ist jeder Mensch dein richtiger Partner, solange du mit ihm zusammen bist. Daraus ergibt sich für mich, dass es mehrere sogenannte „wahre Lieben" oder Seelengefährten in einem Leben geben kann bzw. gibt. Auch die Vorstellung, dass ich meine Dualseele brauche, um eine erfüllte Liebesbeziehung leben zu können ist für mich nicht stimmig. Meine Dualseele ist zum Beispiel gar nicht inkarniert. Das mag vielleicht auch der Grund sein, warum mich das Thema nie wirklich interessiert hat. Ich kenne einige Dualseelen, die sich getroffen und manchmal auch lieben gelernt haben, doch einfacher als andere Beziehungen sind diese meistens auch nicht. Abgesehen davon, dass Dualseelen nicht immer nur als Mann und Frau geboren werden, sondern manchmal auch als Oma und Enkelkind, und dann erübrigt sich die Frage nach dem Traumprinzen bzw. der Traumprinzessin, die dein Dual sein sollte, ohnehin. Und nur weil die geistige Welt glaubt, dass es wichtig sei, mit diesem oder jenem Menschen eine Liebesbeziehung einzugehen, unabhängig davon, ob es nun ein Seelengefährte oder eine Dualseele sein sollte, heißt es noch lange nicht, dass du oder dein Gegenüber dieses auch möchten. Doch das habe ich ja schon an einer anderen Stelle erwähnt.

Man sagt, dass auch die Dualseelen erst durch den Untergang von Atlantis entstanden sind, vorher waren sie eins. Natürlich geht es jetzt darum, all das wieder zu vereinen, was einst getrennt wurde, – das ist die Qualität dieser Zeit. Doch in meinem Verständnis bin ich noch viel mehr, mit dem ich verschmelzen kann, weil ich ja ein multidimensionales Wesen bin. Das heißt, ich bin nicht, aus meiner Sicht, davon abhängig, meinem Dual begegnen zu müssen, um mich ganz und heil zu fühlen. Dazu gibt es für mich andere Wege, die ich in mir und mit mir gehen kann. Dennoch weiß ich, wie gesagt, dass für manche Menschen die Begegnung mit ihrer Dualseele wichtig ist, weil es zum Beispiel in ihrem Seelenplan enthalten ist, und dann ist das wunderbar.

In meiner Vision, die gleichzeitig eine Erinnerung ist an ein Sein jenseits von Zeit und Raum, und durch die Aussagen der geistigen Welt nehme ich kosmische Beziehungen oder Partnerschaften der Neuen Zeit, wie auch immer wir das jetzt nennen möchten, wie folgt wahr:

Zwei Menschen, zwei Energiefelder, begegnen sich, werden voneinander angezogen und verschmelzen miteinander. Ihre Auren durchdringen sich, werden zu einem Feld, und dabei kommt es zu einem Austausch von Informationen und Energien. Wenn jeder „satt" ist, lösen sich diese energetischen Felder wieder voneinander, ganz leicht und selbstverständlich. Dabei bleibt ein Abdruck der gesamten Energie deines Gegenübers in deinem Sein zurück. Das ist eine Erweiterung für dich. Und deinem Partner geht es genauso. Diese Sättigung, wie ich es nenne, kann Jahre dauern, sie kann aber auch innerhalb weniger Minuten geschehen. Während dieser Vereinigung findet sowohl eine Öffnung, das ist das völlige Sich-einlassen-können auf ein anderes Wesen statt, als auch eine Zentrierung deiner Kraft. Das heißt, dass du gleichzeitig vollkommen bei dir bleiben kannst. Auch dabei ist für mich der Gleichklang zwischen deiner rezeptiven und dynamischen Energie sichtbar.

Diese Vereinigung mit anderen Wesenheiten kann

auch mit mehreren gleichzeitig geschehen. Das ist ebenso ein Ausdruck von „kosmischen" Beziehungen für mich. Die Matrix erzählt uns, dass eine Vereinigung zwischen Menschen erst während einer körperlichen, sexuellen Begegnung stattfindet. Das stimmt für mich so auch nicht, denn dieses Verschmelzen beginnt bereits viel, viel früher und findet andauernd statt. Sobald du neben einem anderen Menschen sitzt, beginnen sich eure Energiefelder miteinander auszutauschen, zu unterhalten und zu durchdringen. Viele Ängste und Unsicherheiten im Bezug auf erweiterte Beziehungen und Partnerschaften stecken noch ihn uns, doch sie werden immer weniger werden. Durch die Fixierung auf einen bestimmten Menschen, der unsere einzig wahre Erfüllung ist, schränken wir uns selbst ein, und den anderen auch.

Es ist mir an dieser Stelle ein Anliegen, zu sagen, dass Partnerschaften zwischen zwei Männern oder zwischen zwei Frauen für mich durchaus gleichberechtigt sind mit sogenannten heterosexuellen Begegnungen. Ich möchte das deshalb erwähnen, da es für viele Menschen, die sich zu gleichgeschlechtlichen Wesen hingezogen fühlen, immer noch verwirrend sein kann, dieses zu fühlen. Ich finde das ganz normal. In meinem Freundeskreis gibt es auch einige bisexuelle Paare. Das ist weder ein Sünde, noch krankhaft, und schon gar keine Schande (auch nicht für die Angehörigen und Familienmitglieder)! Und die geistige Welt, und das weiß ich ganz genau, hat auch nichts dagegen.

Wie kosmische Begegnungen gelebt werden können –

da stehen wir alle noch am Anfang. Wir haben eben erst begonnen, uns mit diesem Thema zu beschäftigten. Doch es wird uns in den nächsten Jahren begleiten, bis wir es mit all unseren Körpern und Ebenen verstanden haben und leben können, was es bedeutet, bedingungslos zu lieben. Das wird unser Formen des Zusammenlebens und unser sozialen Strukturen sicher komplett verändern, davon bin ich überzeugt.

Die Drachenbotschaft zum Thema Partnerschaft ist:

Wir kommen von den Sternen und möchten dir mitteilen, dass wir eine große Familie sind. Wir fühlen uns mit allen verbunden. Es gibt kein Mein und Dein. Wir leben in Sippen, und dort wird alles geteilt. Wir kennen keine individuellen Beziehungen. Wir sind eine Gemeinschaft, die auf Respekt, Achtung und Liebe aufbaut. Wir vereinen unsere Kräfte, um Neues zu gebären, um Leben zu formen. Das können wir auch die Menschen lehren.

So möchten wir dich bitten, übergib uns deine Angst, die du vor Gemeinschaft und Kollektiv hast, die Angst, dich darin aufzulösen oder dabei zu kurz zu kommen. Genau das Gegenteil ist nämlich der Fall: deine Kraft wird sich potenzieren, wenn du sie mit der Kraft der anderen vereinst. Der Glaube, dass du allein sein musst, ist eine Energie, die durch die Matrix entstanden ist, um diesen Begriff, der die Illusion der Trennung beschreibt, beizubehalten. Das ist ganz einfach nachvollziehbar: Wenn du in der Isolation bist, dann kannst du nicht kraftvoll sein.

Stell dir vor, du bist in einem Raum ohne Fenster, ohne Tür, ganz allein. Wie fühlst du dich dabei?

Nun nimm ein anderes Bild: Du bist wieder in einem Raum, doch dieses Mal hat er viele Fenster und Türen. Diese sind offen und andere Menschen und Wesen können zu dir kommen, und auch du kannst hinausgehen. So kannst du anderen begegnen und dich mit ihnen austauschen. Welches der beiden Bilder ist für dich kraftvoller?

Suche in jedem Kontakt das verbindende Element, denn es ist immer vorhanden. Das ist unser Geheimnis. Dieser Ansatz, dieses Erleben stärkt unser gemeinsames Feuer des Lebens und nährt uns, jeden Einzelnen von uns. Suche und erkenne das, was dich mit anderen verbindet, egal ob es sich dabei um Menschen, Tiere oder Sternenwesen handelt. Verbinden hat nichts mit Fesseln, mit Einschränkungen zu tun, die du dir oder anderen anlegst, sondern es heißt, vereine das, was gut ist, was kraftvoll ist, und lasse gehen, was für dich nicht stimmig ist und was dich daran hindert, dein Licht leuchten zu lassen. Darüber brauchst du nicht nachzudenken, das wird von selbst geschehen, wenn du deinen Fokus auf das Verbindende richtest. Das ist Weite, das wird dir dein Herz sagen, das wird dich auch in dein Herz bringen. Kein Schmerz wird so in dir sein, weil dieser nur durch die Energie der Trennung in dir entstehen kann. Verstehe das Prinzip des Kosmos. Durch Verbindung ist Erweiterung. Durch Trennung ist Einengung. Erkenne und begreife. Wir sind eine kollektives Bewusstsein von Drachen, die sich gesammelt haben, um den Menschen die Botschaft des Verbindens zu bringen.

Und erlaubt euch immer wieder, über diese Worte nachzudenken, ihnen nachzufühlen; bewegt sie in eurem Herzen, und ihr werdet sie verstehen mit all euren Sinnen, und erleben. Wir unterstützen euch dabei! Seid gegrüßt, geliebte Geschwister der Erde.

Die Liebe zu Kindern und die
Drachenbotschaft dazu

Wenn ich meine Kinder Rowena und Jona betrachte, habe ich immer den Eindruck als würde ich zwei junge Pflanzen vor mir sehen. Ich „gieße" sie, achte darauf, dass sie genug Sonne bekommen und erfreue mich an ihrem Wachstum. Doch es ist nicht meine Aufgabe zu bestimmen, wie und in welcher Form und Geschwindigkeit sie wachsen sollen, das ist ihre eigene Entscheidung.

Das Zusammensein mit ihnen ist eine permanente Hinterfragung meiner Motivationen und meiner Handlungen. Warum erlaube ich ihnen, jetzt etwas zu tun und ein anderes Mal nicht? Geschieht es im Einklang mit meinem Herzen, oder bin ich in der Matrix gefangen und handle aus ihr heraus? Und die Antworten wechseln sich ab. Manchmal kommen mir auch Fragen wie „Bin ich eine gute Mutter?" in den Sinn. Dann schüttle ich oft selbst den Kopf darüber, dass mir das, trotz all meiner Schulungen, so wie wahrscheinlich vielen Menschen auf dieser Welt, immer noch passiert.

Die geistige Welt sagte dazu einmal zu mir: Glaube das nicht von dir, denn sonst werden es deine Kinder nie so erleben. Wenn du aber immer Angst hast, eine schlechte Mutter zu sein und es dir selbst lang genug einredest, dann könnten auch deine Kinder irgendwann auf diese Idee kommen.

Das war mal wieder ein klarer Hinweis auf die Macht

der eigenen Gedanken und Gefühle, auf deine bzw. in diesem Fall meine Mitschöpferkraft.

Nach diesem Gespräch habe ich für mich beschlossen, dass es in meinem Universum nur noch gute Mütter und Väter gibt, da jeder nach seinem besten Wissen und Gewissen handelt, so wie es für ihn im Moment möglich ist.

Ich glaube, dass sich in den nächsten Jahren noch sehr viel im Zusammenleben mit Kindern verändern wird. Nicht nur, was das Schulsystem betrifft. Auch der Umgang mit Kindern wird sich innerhalb der Gemeinschaften erweitern. Sie werden mehr mit einbezogen werden in die verschiedenen Abläufe und als Kinder der ganzen Gemeinschaft betrachtet werden.

Ich kenne es aus meinen eigenen Erfahrungen: Rowena und Jona sind viel mit mir und Gruppen unterwegs. Dennoch ist es immer noch so, dass ich mich hauptsächlich verantwortlich fühle und zuständig bin, dass es ihnen gut geht. Nicht, dass ich diese Aufgabe nicht erfüllen möchte. Das ist überhaupt keine Frage. Doch ich habe immer wieder die Vision, dass sich das verändern wird. Ein Kind, das in einer Gruppe ist, wird von jedem als seines anerkannt, und jeder wird sich darum kümmern, dass es all das hat, was es braucht. Wobei das für mich bedeutet, dass in einer Gemeinschaft der Neuen Zeit jeder auf jeden achtet, damit alle zufrieden sind, unabhängig wie alt sie sind.

In einer Einzelsitzung erzählte die geistige Welt einer jungen Frau, dass Elternschaft, zumindest hier bei uns, noch viel zu isoliert betrachtet wird. Dadurch lastet ein sehr großer Druck auf den Eltern, und diese übertragen ihn auf ihre Kinder. Die geistige Welt sagte dazu, dass die gesamte Menschheit eigentlich eine große Familie sei und wir immer mehr wieder in dieses Bewusstsein hineinwachsen würden. Auch in diesem Bereich stehen wir meiner Meinung nach noch ganz am Anfang, so wie bei unseren „kosmischen" Partnerschaften. Das heißt, dass wir uns vieles noch gar nicht vorstellen können – wie auch! Wie sollen wir eine fünfdimensionale Form mit unserem dreidimensionalen Gehirn erfassen und umsetzen können?

Ich bin zum Beispiel davon überzeugt, nein, es ist vielmehr ein tiefes Wissen in mir, dass sich sowohl die Empfängnis als auch die Schwangerschaft, die Geburt, die Entwicklung des Kindes in den nächsten Jahren stark verändern wird. Doch für den Moment möchte ich in das Hier und Jetzt zurückkommen.

Im Zusammensein mit meinen Kindern wünsche ich mir für mich zum Beispiel mehr Spontanität. Das bedeutet für mich, mich mehr und mehr von meinen Erwartungen zu lösen, die ich an sie stelle. Oft glauben wir aus einer missverstandenen Verantwortung heraus, dieses oder jenes von unseren Kindern fordern oder es sie lehren zu wollen. Doch wer vermag zu sagen, ob das im Moment richtig ist bzw. wirklich wichtig ist? Für mich geht es dabei immer wieder darum, ihnen selbst mehr zuzutrauen. Wichtig ist eigentlich nur, miteinander zu leben, zu lieben und zu lachen! Und so habe ich mir in den letzten Monaten vorgenommen, Neues mit meinen Kindern entdecken zu wollen und vor allen Dingen mehr mit ihnen zu lachen.

Die Drachenbotschaft zum Umgang mit unseren Kindern ist:

Wir Drachen lieben unsere Kinder, wir lieben unsere Saat. Wir erfreuen uns an ihrem Wachstum und an den neuen Erkenntnissen, die wir daraus gewinnen können. Wir möchten den Menschen zeigen ,wie wichtig die Kinder sind.

Ihr habt euch in eurer gesellschaftlichen Entwicklung von euren Kindern entfernt. Wenn ihr so möchtet, habt ihr euch von euren Wurzeln entfernt, denn auch dafür stehen eure Kinder. Ihr habt euch entfernt von eurer Lebendigkeit, von eurer Neugierde, von eurer Inspiration und eurer Spontanität. Ihr habt eure Macht der klaren Struktur dem geordneten Ablauf eures Lebens untergeordnet. Jeden Tag der gleiche Rhythmus, und das über viel Jahre hinweg.

Leben ist lernen. Lernen heißt, mit allen Sinnen etwas erfahren, durchdringen, begreifen. Ihr steckt eure Kinder in Anstalten, die ihr Schule nennt, wo sie, eurer Meinung nach, gut aufgehoben sind, und ihr habt freie Zeit, um erneut euren Terminen hinterher zu jagen. Erlaubt, dass wir das in dieser Deutlichkeit ausdrücken. Miteinander sein, das ist das Zauberwort. Wir sind einfach. Wir fliegen durch das Universum, wir tauschen uns aus, wir lernen, wir wachsen, wir beobachten, wir sammeln Erkenntnis, und all das tun kleine und große Drachen auf die gleiche Art und Weise. Bitte hört auf, auszugrenzen.

In diesem Zusammenhang möchten wir auch von sogenannten alten oder kranken Menschen sprechen, von den einzelnen Rassen und vom Umgang mit euren Kindern. Für uns seid ihr alle unsere Kinder. Und wir sehen, dass ihr Trennung in verschiedenen Bereichen eures Lebens lebt. Hört auf damit! Heißt jeden willkommen, egal ob er eure Sprache spricht oder nicht; egal ob er mit den Fingern anstatt mit der Gabel isst; egal ob er schon laufen kann oder nicht mehr laufen kann. Heißt jeden willkommen und teilt das, was ihr seid, mit ihm.

Das gemeinsame Sein ist es, das zählt! Nicht die teure Ledergarnitur, die nicht mit klebrigen Fingern beschmutzt werden darf. Das ist nicht wichtig!

Öffnet euer Herz und erlaubt, dass Begegnung ist, denn dadurch werdet ihr euch selbst finden und das, was ihr vielleicht scheinbar verloren habt. Was erstarrt ist in eurem Sein, wird wieder zu fließen beginnen. Erkennt, lebt, verändert und seid Kinder und seid mit anderen Kindern. Keine Ausgrenzungen mehr, in keinem Bereich eures Lebens!

Wir möchten euch sagen, dass eure Kinder überall willkommen sind. Und der Kontakt fließt zu ihnen und mit ihnen oft viel leichter als zu euch großen Menschen. Wenn ein Kind in einem eurer Seminare ist, beobachtet es. Ihr werdet sehen, dass oft ein reger Austausch zwischen uns und ihnen stattfindet. Anstatt zu lauschen, sitzt ihr daneben und ärgert euch, dass das Kind plappert („stört"). Es unterhält sich mit uns.

Ihr bemüht euch manchmal so krampfhaft, uns zu verstehen. Öffnet in solch einem Moment einfach euer Herz, dann werdet ihr wissen, was wir mit dem Kind sprechen, und könnt so teilhaben an der Kommunikation. Im Spiel liegt die Möglichkeit der Veränderung, nicht in der Ernsthaftigkeit. Spielt mehr!, denn das gesamte Leben ist ein Spiel, und ihr könnt um vieles leichter damit umgehen, wenn ihr bewusst spielen und dieses Spiel genießen würdet. Seid gesegnet aus der Kraft unserer Herzen, die sich so sehr wünschen, dass ihr versteht.

Die Liebe zu Freunden und die Drachenbotschaft dazu

Ich mag meine Freunde nicht nur, ich liebe sie. Vielleicht fällt es mir leichter, das so zu sagen als anderen Menschen, weil es mir generell nicht schwer fällt zu sagen, dass ich liebe. Das kann ich dem verführerischen Schokoladekuchen genauso mitteilen wie einem geliebten Menschen. Beide öffnen mein Herz.

Wieder einmal ist es die berühmt-berüchtigte Matrix, die uns einteilen und zuordnen lässt. Sie gibt uns scheinbar vor, dass ich meine Freunde lieber haben sollte als den Schokoladekuchen, und dafür liebe ich sie weniger als meinen Partner. Eine ganz klare, hierarchische Einteilung. Oder? Doch Liebe kann man, meiner Meinung nach, nicht in Prozenten ausdrücken. Das Durchdringen, das für mich letztendlich Liebe ist, kann man nicht bewerten. Zu lieben, und dabei ist es egal, wen oder was, ist eigentlich ganz einfach. Was macht es dann so schwer?

Die Illusion darüber. Die Vorstellungen, die Erwartungen, die Einteilungen, die ich damit verbinde. Schon seit geraumer Zeit bittet uns die geistige Welt immer wieder, unsere Partnerschaften nicht als etwas Besonderes im Vergleich zum Rest unserer Begegnungen zu betrachten. Alles ist eins.

Deshalb ist es mir in diesem Kapitel ein Anliegen, nicht nur von menschlichen Freunden zu sprechen, sondern auch von „freundschaftlichen" Tieren, Pflanzen, Schokola-

dekuchen und Gegenständen. Keine Trennungen mehr –
in keinem Bereich!

Die geistige Welt bittet uns immer wieder, zu erkennen,
dass wir immer und überall von Liebe umgeben sind, unterhalb, oberhalb, rechts, links, innerhalb. Alles ist Liebe.
Deshalb können viele Wesen in diesem Universum auch
nicht verstehen, warum wir immer das Gefühl haben, zu
wenig Liebe bekommen zu haben oder im Moment zu erhalten, wo sie uns doch ständig umgibt und wir sie auch
permanent ein – und ausatmen. Dennoch empfinden wir
manchmal einen Mangel an Liebe, weil wir bestimmte Erwartungen und Vorstellungen haben und diese als nicht
erfüllt betrachten. Nun, auch das ist wieder die Matrix. Bitte, das heißt nicht, dass ich dich jetzt dazu auffordern
möchte, dich mit den gegebenen Umständen so abzufin-
den, dass du dabei weiter leiden kannst. Für mich sind die
Wahrnehmung und das Bewusstsein, dass überall Liebe
ist, dass ich Liebe bin und dass alles, was mir begegnet,
Liebe ist, die Möglichkeit, meine Mitschöpferkraft zu erkennen. Es schenkt mir Freiheit und bringt mich zu mir
selbst zurück in einer Art und Weise, in der es mir erst
möglich ist, die Verbundenheit mit allem, was ist, zu erfahren.

Als ich vor vielen, vielen Jahren das erste Mal von
Louise Hay, einer amerikanischen spirituellen Lehrerin,
hörte, ich solle mich bei meinem Kühlschrank bedanken,
denn er sei ein Teil von mir, dachte ich als erstes (und das
ist ein Vorurteil, ich weiß!!): „Typisch amerikanisch!" und
als zweites: „Total bescheuert!".

Heute muss ich gestehen, dass mir Louise Hay auch in der Folge noch viele Einsichten schenkte. Sie hatte schlicht und ergreifend Recht. Auch der Kühlschrank ist ein Teil von dir, so wie die Lampe, das Auto, der Mensch, der dein Nachbar ist, der Hund, die Lilie, der Mond, und, und, und.

Es gibt Momente, in denen bin ich im Jetzt, so nenne ich das für mich. Ich kann sie nicht wirklich bestimmen. Es ist für mich immer noch eine Gnade, wenn ich sie erfahre. Und auch hinterher, wenn ich darüber spreche oder schreibe, geschieht dies nicht mehr in der Einheit, die ich empfunden habe, sondern ist nur noch so etwas wie eine Nacherzählung. Einmal schaute ich in den Spiegel, und während ich mein Bild sah, war ich der Spiegel selbst und gleichzeitig sah ich mich, wie ich mich selbst betrachtete. Solche Erfahrungen helfen mir, die Einheit mit allem, was ist, leichter zu verstehen.

Die Drachenbotschaft zu der Liebe zu Freunden lautet:

Seid gesegnet. Ich bin ein Drache, der Axalonius heißt. Ich bin ein Drache der Luft und bringe Freiheit. Ich bin ein Drache, der die Farben wechseln kann, so wie ich es gerade brauche. So wie es dem Ort oder der Wesenheit, mit der ich spreche, angepasst ist.

Wir Drachen unterscheiden nicht zwischen Freunden, Familie, Partnern. Wir sind eine große Gemeinschaft, die das alles beinhaltet, ohne es so zu benennen und in Strukturen zu pressen, wie ihr es tut. Ich kann dich lehren, deine

Farben zu wechseln, damit du dich wohlfühlen kannst, wo auch immer du gerade bist, weil du eins wirst mit der Qualität der augenblicklichen Situation. Du kannst dich auf alles so einlassen, wie es gerade ist, ohne Wenn und Aber.

Wenn du möchtest, dann kannst du diese Eigenschaft, dieses Geschenk, das ich dir reichen möchte, auch Flexibilität nennen, wenngleich es viel, viel mehr ist.

Ich bin ein Drachenwesen, das immer das Positive in einer Situation, in einer Begegnung erkennen kann. Ich sehe das, was nährt, was verbindet, was stärkt.

Ich möchte dich einladen, vor allen Dingen, wenn du dich einsam oder alleine fühlst, wenn du dein Herz oder deine Führung nicht wahrnehmen kannst, wenn du dich isoliert und abgeschnitten fühlst, mich zu rufen. Denn ich öffne Türen und trage dich auf meinem Rücken hinauf zu den Wolken und führe dich so in das Bewusstsein, in das Erleben deiner Verbundenheit mit allem, was ist. Ich schenke dir Freude an der Begegnung, ich bringe dir den Mut, dich auf andere Menschen oder Situationen einzulassen. Ich helfe dir, deine persönlichen Grenzen zu überspringen, um einzutauchen in die Fülle an Möglichkeiten, die dein Leben noch für dich bereit hält. Ich bin dein Freund aus den Ebenen der Drachengeschwister, wenn du eine Schulter zum Anlehnen brauchst. Ich höre dir zu, wenn du dich aussprechen möchtest. Ich fliege mit dir, um neue Ufer in deinem persönlichen Leben zu erreichen. Meine Liebe zur Menschheit ist groß, und das ist mein Geschenk an dich. Erlaube dir, dieses anzunehmen. Keine Einsamkeit mehr, keine Krieger auf dieser Erde mehr, die *sich allein durch die Steppe des Lebens schleichen, immer auf der Hut sein müssen. Das ist alles vorbei. Komm, lade mich in dein Leben ein. Ich bin hier und warte darauf. Ich freue mich auf den Kontakt und die Freundschaft mit dir.*

Für Drachenwesen ist Freundschaft immer wichtig gewesen und ist es noch. Wir werten die Wesen nicht, denen wir begegnen, wir werden zu Freunden, und dadurch bereichern wir uns und unsere Freunde. Weite, so viel Weite ist da und wartet darauf, auch von den Menschenkindern wieder entdeckt zu werden. Habe keine Furcht vor der Unendlichkeit. Erlaube dir, deine vermeintlichen Sicherheiten aufzugeben, um frei zu sein. Denn du weißt, das, was zu dir gehört, kannst du niemals verlieren, und alles andere ohnehin nicht halten. Also, erlaube dir, frei zu sein. Ich werde dich dabei unterstützen, denn ich bin dein Freund allezeit und jederzeit. Rufe mich, und ich werde bei dir sein.

Dazu gibt es ein wunderschönes Lied auf eurer Erde das heißt „Friends", es ist eines meiner Lieblingslieder, die ihr auf der Erde hört. Singe es oder spiele es, und ich werde bei dir sein. Und jetzt lausche meinen Worten mit deinem Herzen nach und erkenne die Verbundenheit, die Freundschaft mit uns Drachenwesen.

Die Liebe zu Tieren und Pflanzen und die Drachenbotschaft dazu

Wie bereits erwähnt, sind auch Tiere und Pflanzen ein Teil von uns und umgekehrt. Auch diese Wesen sind unsere Geschwister, was wir Menschen in dieser Zeit immer mehr erkennen, und so verändert sich auch unsere Beziehung zu ihnen. Dabei helfen uns zum Beispiel Elfen, Feen und Naturwesen. Manchmal sehe ich, wie Bäume über ein energetisches Lichtfadennetz, das sie vereint, miteinander sprechen und Mandalas bilden und so unter anderem mit dem Kosmos kommunizieren.

Das machen wir Menschen auch. Wir bilden Lichtnetze mit anderen Menschen, Orten, Tieren, Pflanzen und feinstofflichen Begleitern. Diese teilweise non-verbale Kommunikation, wie ich sie nennen möchte, ist ein Erbe aus unserer lemurianischen Vergangenheit. So wie wir alle Kinder von Atlantis sind, können wir uns auch Kinder von Lemurien nennen. Das lemurianische Erbe in uns ist die Intuition und das Verständnis vom Wachstum der Materie und ihren mannigfaltigen Lebensformen. Wenn du deine lemurianischen Fähigkeiten fördern möchtest, ist es hilfreich, Turmaline zu tragen. Vor allen Dingen der rote Turmalin enthält die Schwingung des Herzens von Lemurien. Wenn dich das mehr interessiert, empfehle ich dir das Buch *Kiria Deva und Elyah – Kristallwissen – Der Schlüssel von Atlantis* von Antan Minatti (Smaragd Verlag).

Meine Liebe zu Pflanzen und Tieren läuft mehr auf einer energetischen Ebene ab. Das heißt, ich habe nicht unbedingt ein Händchen für einen sprießenden Garten oder ein dreidimensionales harmonisches Zusammenleben mit vierbeinigen Freunden. Und dennoch sind der Austausch und die Kommunikation mit Pflanzen und Tieren für mich wichtig. Wenn ich mir früher Zimmerpflanzen gekauft habe, war es immer entscheidend, dass sie sich möglichst „selbstverantwortlich" um sich selbst kümmern konnten. Das mag vielleicht eigen klingen, doch es hat immer wunderbar funktioniert. Das heißt, es waren bzw. sind pflegeleichte Wesen, die nicht viel Aufmerksamkeit und besondere Zuneigung brauchten. Etwas schwieriger ist es, wenn ich Pflanzen von anderen Menschen in Obhut habe und diese etwas mehr Zuwendung benötigen. In diesem Falle bin ich immer heilfroh, wenn derjenige, der sonst für sie sorgt, wieder anwesend ist. Ich bin auch keine Expertin, was eine Pflanze besonders an Mineralstoffen braucht, wie viel Sonne, wie viel Schatten usw. Doch wie gesagt, ich hatte immer das Vergnügen, mit Pflanzen zusammen zu leben, die großes Verständnis für mich zeigten.

Vor vielen Jahren hatte ich ein besonderes Erlebnis: Es war Sommer, und ich reiste mit meiner Freundin für zwei Wochen nach England. In dieser Zeit war es auch in Innsbruck sehr heiß, doch ich hatte niemandem einen Schlüssel für meine Wohnung hinterlassen, der in der Zwischenzeit die Blumen hätte gießen können, die sicher durstig waren. In der Nacht spürte ich, wie ich mich von meinem Körper löste und nach Hause reiste und meinen Pflanzen

Wasser gab. Als ich von der Reise zurückkam, ging es allen Blumen in meiner Wohnung bestens. Sie sahen frisch und munter aus. Als ich das sah, wusste ich auch, dass es keine Einbildung oder kein „Traum" gewesen war, sondern dass ich die Pflanzen wirklich gegossen hatte.

Egal, ob du nun den Kontakt mit deinen Zimmer- oder Gartenpflanzen vertiefen, ob du generell mehr mit Blumen kommunizieren möchtest oder ob du einfach neugierig bist, es ist ganz einfach:

Erlaube dir, dich zu entspannen und in dein Herz zu gehen. Wenn du spürst, oder einfach weißt, dass es ganz weit offen ist, dann nimm mit der gewünschten Pflanze Kontakt auf. Dabei kannst du sie entweder mit deinen Händen berühren oder du stellst dir einen Lichtstrahl vor, der aus deinem Herzen zu der Pflanze hinstrahlt. Und dann empfange einfach. Was hörst du, welche Impulse bekommst du, was denkst du, was riechst du, was fühlst du, was schmeckst du, was nimmst du wahr?

Je öfter du das machst, desto mehr Vertrauen wirst du in deine Wahrnehmung entwickeln und um so klarer wird sie sein. Und wenn es für dich genug ist, dann bedanke dich bei der Blume und löse die Berührung, die Verbindung, den Lichtstrahl wieder auf und komme ins Hier und Jetzt zurück.

Wenn du noch mehr Anregungen, speziell auch durch die Mithilfe des Blauen (Kleinen) Volkes möchtest, könntest du zum Beispiel eines meiner früheren Bücher *Elfen,*

Feen und Zwerge – Vom Umgang mit der Anderswelt (erschienen im Smaragd Verlag) lesen.

Nun möchte ich mich den Tieren zuwenden. Gerade in diesem Bereich gab es in der letzten Zeit unterhaltsame und lehrreiche Buchveröffentlichungen. Deshalb möchte ich dir an dieser Stelle gleich noch ein Buch empfehlen, wenn du an einer vertieften Form der Kommunikation mit Tieren interessiert bist. Es enthält Erfahrungsberichte und verschiedene Übungen, die die eigenen Fähigkeiten fördern. Es heißt *Tierisch gute Gespräche* (Reichel Verlag) von Amelia Kinkade.

Wie gesagt, auch mein Zugang zu den Tieren ist hauptsächlich ein energetischer. Auf diese Art und Weise spüre ich ihre Anwesenheit und ihre Unterstützung. So kann ich zum Beispiel auch mit sogenannten wilden Tieren wunderbar kommunizieren, doch hätte es nicht viel Sinn, mich vor ein paar hungrige Löwen zu setzen, um zu prüfen, ob ich noch Angst vor ihnen habe. Das weiß ich nämlich auch so, dass ich diesbezüglich noch nicht soweit bin. Doch durch die energetische Kommunikation findet eine Auseinandersetzung statt, die zu einer Veränderung in mir führt. So bin ich mir sicher, dass auch auf diesem Weg Ängste abgebaut werden. Und wer weiß, vielleicht wird mir dann in ein paar Jahren eine Begegnung mit Löwen in der Wildnis auch nichts mehr ausmachen, was jetzt nicht heißen soll, dass ich das als Manifestation in den Kosmos geschickt habe oder senden möchte!!!

Wenn ich Tiere betrachte, merke ich, dass ich immer mehr in ihnen das Sternenwesen, das sie sind, erkenne. Die Baupläne ihrer Körper kommen zum Beispiel auch von dort. Manche Tiere, die auf der Erde leben, sind nach wie vor Abgesandte als auch Erinnerungen an Sternenvölker, die einst auf der entstehenden Gaia lebten oder mit ihren Bewohnern in Kontakt waren.

Dass der ägyptische Götterhimmel, der immer wieder mit Tierköpfen dargestellt wird, ebenso ein Hinweis auf die Sternenvölker ist, habe ich schon mehrmals erwähnt. Da ich noch in Ägypten weile, während ich diese Zeilen schreibe, bin ich noch voll von den Eindrücken und Erfahrungen dieses Landes, und so fließen sie auch jetzt wieder mit ein. Die löwenköpfige Göttin Sechmet ist für mich zum Beispiel ein klarer Hinweis auf die Sternenwesen von Regulus, die im Sternbild des Löwen leben. In einer Meditation gab sie der Sphinx das ursprüngliche Löwenhaupt zurück, damit diese energetisch sich wieder auf Regulus ausrichten konnte, um von dort Energien und Botschaften zu empfangen bzw. sie dorthin zu leiten. Das war die Aufgabe der Sphinx gewesen, bevor Pharao Chefren dachte, dass sein Kopf besser als der eines Löwen auf den Körper der Sphinx passen würde.

Wir hatten in unserem Hotelzimmer in Kairo auch eine wunderbare, lehrreiche Begegnung mit Mücken.

Ich habe es noch nie erlebt, dass sich so viele in zwei kleinen Räumen aufhalten konnten. Es waren sicher hundert. Obwohl ich wusste, dass auch sie Sternenwesen sind, hatte ich keine Lust, mit ihnen zu kommunizieren. Ich fühlte mich schlicht und ergreifend überfordert und praktizierte die altbekannte Methode des Erschlagens. Doch es wurden nicht weniger! Es war nicht zu glauben!

Die geistige Welt erklärte mir, dass es ja nur meine Erfahrung wäre, die mir sagen würde, dass wenn eine Mücke im Zimmer ist, ich dann automatisch gestochen werden würde. Und das sei Matrix. Weiterhin sagten sie mir, ich solle erkennen, dass die Mücken hier wären, um eine bestimmte Schwingung aufzubauen, die mir während meines Aufenthaltes in dieser Stadt dienlich und unterstützend sein würde.

Also gut, ich begann achtsamer zu sein und weniger Mücken zum Aufstieg zu verhelfen. Das war in Anbetracht der immer noch sehr zahlreichen Anwesenheit schon ein großer Schritt für mich. Was ich dabei sehr erstaunlich fand war, dass ich, obwohl es so viele Mücken waren, kaum Stiche hatte. Ich reagierte auch nicht mit allergischen Hautreaktionen darauf, was ich bei Insektenstichen öfters tue. Und ich wurde in der Nacht niemals durch ihr Gesumme geweckt. Es war für mich wirklich eine sehr erstaunliche Begegnung!

Grundsätzlich kannst du mit Tieren genauso kommunizieren, wie ich es vorher mit Pflanzen empfohlen habe:

Du kannst auch, wenn du möchtest, dir in einer Meditation die Zeit nehmen, um dir vorzustellen, ein Bär, eine Springmaus oder wen auch immer du gerade kennen lernen möchtest, zu sein. Werde zu dem Tier. Bewege dich in deiner inneren Welt wie dieses Tier, rieche, schmecke, höre wie dieses Tier. Sei dieses Tier mit jeder Faser deines Seins!

Was möchte es dir mitteilen? Was kann es dich lehren?

Und wenn es für dich passt, dann löse dich wieder von diesem Wesen, nachdem du dich bei ihm bedankt hast. Anschließend komme ins Hier und Jetzt zurück.

Wenn du mit Tieren auf diese Art verschmilzt, ist es auch wichtig, behutsam dabei zu sein. Das heißt, du fragst auch im Vorfeld schon, ob es damit einverstanden ist und respektierst seine Antwort. Diese Form der Begegnung wenden viele Naturvölker noch heute an. Du könntest diese Vereinigung auch tanzen und über eine äußere Bewegung unterstützen, wenn dir das vertrauter ist. Doch es ist nicht nötig. Die Begegnung mit Tieren kann auf diese Art und Weise auch sehr leise geschehen. Natürlich kannst du so auch mit Pflanzengeschwistern in Kontakt treten, um sie näher kennen zu lernen und um mit ihnen zu kommunizieren.

Ich finde zum Beispiel spannend, dass die geistige Welt in früheren Durchsagen immer wieder betonte, Tiere hätten Gruppenseelen und keine individuellen Seelenanteile. Vor kurzem sagte sie, dass sie sehr wohl eigene Seelenaspekte wären, dies aber bis jetzt nur noch nicht so in den Vordergrund gestellt hätten, weil ein Großteil der Menschheit noch nicht bereit dazu gewesen wäre, dieses zu hören. Doch je mehr wir die Tiere wieder als unsere Geschwister betrachten, desto mehr würde sich der Umgang mit ihnen verändern. Jetzt sind die Menschen bereit dazu.

So gibt es bei den Tieren wohl auch eine Form der Reinkarnation, weil immer wieder Menschen Tiere wiedertreffen, die sie schon einmal begleitet haben. Auch nach ihrem physischen Tod bleiben Tiere gerne in der Nähe ihres geliebten Menschen, um ihn weiterhin feinstofflich zu begleiten und zu unterstützen; das geschieht recht häufig.

Jetzt möchte ich dir noch einige Tiere näher vorstellen, die ich gerade auch im Bezug zur Wiedererweckung der Weiblichkeit interessant finde. Du kannst ihre Energien für dich nutzen, wenn du dieses möchtest.

Über Drachen und Schlangen habe ich ja schon etwas erzählt, also möchte ich gleich mit unseren Krötengeschwistern weitermachen.

Die **Kröte** ist ein Fruchtbarkeitssymbol. Es ist für einen Menschen ein gutes Zeichen, wenn er eine Kröte sieht, denn das bedeutet Fülle, entweder durch die Empfängnis eines Kindes oder auch für den Beginn eines neuen Projekts. So sagt es zumindest der Aberglaube. Wenn du dir also Kinder wünschst oder fruchtbares Wachstum deiner Arbeit, deiner Beziehungen, Freundschaften, deines Bankkontos, dann erlaube dir, mit Schwester Kröte in Kommunikation zu treten.

Auch die **Krokodile** dienen als Kinder der Großen Göttin der Heilung der Weiblichkeit. Am Nil habe ich ein kleineres gesehen, sonst traf ich sie immer nur in Krokodilfarmen. Auf die Tierhaltung möchte ich im Moment nicht näher eingehen, sondern einfach sagen, dass ich immer wieder beeindruckt war von der tiefen Weisheit, die Krokodile ausstrahlen.

In Ägypten gibt es eine Gottheit mit einem Krokodilkopf, die Sobek heißt. Obwohl Sobek männlich dargestellt wird, ist es für mich dennoch die Kraft der Weiblichkeit, um die es dabei geht. Diese Energie, die der Krokodilgott bzw. die -göttin ausstrahlt, steht für mich für Heilung, vor allem auch auf der physischen Ebene. Sie steht mit der Sternenenergie des Chiron in Verbindung. Welche Form von Heilung und wofür auch immer du sie benötigst, du kannst Schwester Krokodil darum bitten, dich dabei zu unterstützen.

Auch die **Spinne** steht in vielen Schulen für die weibliche Energie. Interessant finde ich, dass es auch im Bezug zu Spinnen eine morphogenetische Ablehnung bzw. einen Ekel gibt. Für mich steht die Spinne unter anderem immer wieder für Mutterqualitäten, das heißt, eine übertriebene Angst oder Abwehr kann auch auf eine noch nicht geklärte Mutterbeziehung hinweisen. Die Spinne oder die Spinnerin, das finde ich ein bezeichnendes und nettes Wortspiel, webt das Leben, also die Realität und den Traum. In manchen Kulturen wird sie als alte Weise verehrt.

Wenn du dich mit Schwester Spinne unterhalten möchtest, wird sie dich lehren, deine Kraft, deine Stärke zu erkennen, um daraus dein Lebensnetz und deine Lebensfäden zu spinnen. Weiterhin kann sie dir zeigen, wie du die Zukunft und Gegenwart mit der Vergangenheit verbinden und deine Visionen finden und entfalten kannst.

Wichtige Verbündete sind für mich auch noch die **Haie**. In Malaysia fand ich einen Haifischzahn an einem Strand. Er ist nur klein, doch ein absolutes Heiligtum für mich. Im Huna, also im Schamanentum aus Hawaii, stehen die Haie für unsere Ahnen. Ich spüre, wie dieses für mich stimmt. Ich liebe diese Tiere einfach (vorerst zumindest energetisch ... smile). Wenn du mehr deine Wurzeln fühlen, wenn du Kontakt zu deinen Ahnen aufbauen möchtest, dann tausche dich mit Schwester Haifisch aus.

Die **Kühe**, so meinte die geistige Welt, sollten an dieser Stelle nicht fehlen. Auch sie repräsentieren das weibliche Prinzip auf Gaia. Laut geistiger Welt stand die BSE-Krise mit dem Aufruf und dem Wunsch nach der Heilung bzw. der Wiedererweckung der Weiblichkeit in Verbindung. Wenn du dich mit Schwester Kuh unterhalten möchtest, kann sie dich Hingabe lehren und jemanden (vielleicht dich selbst) zu nähren.

Abschließend möchte ich noch etwas über die Tierhaltung und den Umgang damit sagen. Dass manche Tierbehausungen nicht sehr liebevoll und nicht auf die Bedürfnisse der Tiere abgestimmt sind, darüber brauchen wir nicht zu sprechen, das wissen wir alle. Dennoch geht es, wenn wir es sehen oder damit konfrontiert werden, *nicht* darum, mitzu*leiden*, sondern um Mit*gefühl*, und zwar für die Tiere als auch die Menschen, die damit in Verbindung stehen.

Bitte segne das Tier, danke ihm für seine Bereitschaft, für seine Liebe, für seinen Dienst am Menschen und erkenne seine wahre Essenz.

In der Neuen Zeit wird es keine Zoos mehr geben, keine Massentierhaltungen und keine Schlachthäuser! Davon bin ich überzeugt.

Die Drachenbotschaft zu diesem Kapitel ist dieses Mal eine gemeinsame Meditation. Dabei werden wir den Energien unserer Tiergeschwister begegnen, um für die Wiedererweckung deiner Weiblichkeit einen weiteren Schritt zu setzen.

Mache es dir bitte bequem. Atme ein paar Mal tief ein und aus und zentriere dich dabei in deinem Herzen im Hier und Jetzt. Sei eins mit dir, deinem Herzen, der Erde und mit allem, was ist. Dann erschaffe dir in deiner inneren Welt ein Bild von einem Ort, den du vielleicht von einem erholsamen Urlaub kennst, oder male ihn dir so aus, wie du ihn gerne hättest. Dort sollst du dich weit und frei fühlen. Und mit jedem Atemzug dürfen nun Entspannung und Wohlfühlen in all deinen Körpern mehr und mehr Raum nehmen. Sei jetzt einfach einige Minuten an deinem Ort und genieße ihn. Tanke dich voll mit der Kraft, mit der Ruhe, mit der Geborgenheit, mit der Fröhlichkeit, die er für dich ausstrahlt. Dann erlaube dir, zum Himmel zu blicken und erkenne den Drachen, der darin erscheint und nun mit kräftigen Schlägen seiner Flügeln zielgerichtet auf dich zufliegt. Es ist ein golden-gelb-grünlicher Drache, und er landet direkt vor dir. Er neigt sein Haupt zur Begrüßung, bevor er dich bittet, seinen Rücken zu besteigen. Gemeinsam hebt ihr ab, und euer Flug ist schnell. Erlaube dir, den erfrischenden Wind wahrzunehmen.

Der Drache fliegt mit dir über verschiedene Städte und Länder. Die Landschaft unter dir verändert sich. Sie wird immer gebirgiger. Ihr gleitet nun über ein Meer aus teilweise noch schneebedeckten Bergen. Von der Ferne siehst du schon einen besonders hohen Berggipfel, der euch zu rufen scheint. Und darauf steuert ihr zu. Ihr kommt näher, und du erkennst das kleine Plateau, das knapp unterhalb des Gipfels liegt, und darauf landet ihr. Der Schnee ist dort schon geschmolzen, und die untergehende Sonne berührt hier die Erde noch mit ihren letzten Strahlen für diesen Tag. Du steigst vom Rücken deines Drachenfreundes und atmest tief die klare Luft ein. Von hier aus hast du einen wunderbaren weiten Blick. Erlaube dir wahrzunehmen, wie die Ruhe und der Frieden dieser Landschaft dich mehr und mehr durchströmen.

Nun ist es Zeit für dich, ein Feuer zu entfachen. Nimm die Äste und das Holz, das schon dafür bereit liegt. Dann bitte den Drachen an deiner Seite, es mit seinem Feueratem für dich zu entzünden. Und er tut dieses gerne.

Nun erlaube dir, dich an das Feuer zu setzen, um mit deiner Aufmerksamkeit in seine Kraft des Lebens einzutauchen. Erlaube dir, eins zu werden mit seiner Kraft, mit seinem Tanz. Und die Kraft des Feuers strömt nun durch alle deine Zellen, durch alle deine Adern und Energiebahnen und durch alle deine Körper. Das ist deine Einstimmung und deine Vorbereitung auf den Kontakt mit deinen

Tiergeschwistern. Während du dich der Reinigung mit dem Feuer hingibst, ist nur sein Prasseln zu hören. Dein Drache hat sich seitlich zusammengerollt. Er ist für diese Zeit dein Wächter, dein Behüter, dein Begleiter, und wird bei dir bleiben und sein.

Nun fokussiere deinen Blick auf die tanzenden Feuerzungen vor dir. Erlaube dir, wahrzunehmen, wie sich daraus eine Energieform löst und sich vor dir zu einer Wesenheit formt. Es ist ein Tier. Welches Tier ist es? In welcher Beziehung stehst du zu ihm? Wofür steht es für dich? Welche Botschaft hat es für dich? Erlaube dir, wahrzunehmen, dass noch zwei weitere Energien aus dem tanzenden Feuer springen. Auch sie formen sich zu Tieren, die dir etwas über dich mitteilen möchten. Sie stellen sich dir vor und sagen dir auch, was sie für dich bedeuten. Dann sagen dir alle drei bzw. eines davon, in welchen Bereichen deines Lebens du aus ihrer Sicht im Moment Unterstützung brauchst. Und sie teilen dir auch mit, wer oder was sie dir geben könnten.

Nun hast du die Möglichkeit, deinen drei Tieren Fragen zu stellen, zu dir, deinem Leben, deinem Körper oder deinen Ahnen. Vielleicht möchtest du auch mehr über deine Qualitäten und Stärken erfahren? Nun fragen sie dich, welche Eigenschaften du gerne aus dem Tierreich hättest. Nachdem du ihnen geantwortet hast, erlaube dir zu spüren, zu riechen, zu wissen, zu schmecken, dass die gewünschten Energien über das Feuer in einer Art und Weise, die für dein System zuträglich ist, zu dir fließen und dich erfüllen.

Diese Kräfte werden dir nun zur Verfügung stehen, solange du sie benötigst.

Im Anschluss daran möchten dir die Tiere noch mitteilen, was du aus ihrer Sicht tun kannst, um deine weiblichen und männlichen Energien in Harmonie zu bringen bzw. zu halten und zu nutzen.

Nun erlaube dir, mit den Tieren zu tanzen, zur Freude der Schöpfung. Höre ihnen bitte nochmals zu, ob sie vielleicht noch ein Anliegen an dich haben, was du nach deiner Rückkehr für sie oder eines ihrer Geschwister aus dem Tierreich tun sollst oder kannst. Solange du möchtest, kannst du mit den Tieren bei dem Feuer sitzen, um dich mit ihnen über alles auszutauschen, was du über dich und dein Sein wissen möchtest. Vielleicht möchtet ihr gemeinsam den Sonnenaufgang sehen? Oder du möchtest warten, bis das Feuer niedergebrannt ist und die Tiere wieder dorthin zurückgekehrt sind. Auf jeden Fall bedanke dich, bevor du nach Hause fliegst, bei ihnen und segne den Ort, an dem du nun bist, aus der Mitte deines Herzens.

Der Drache, der auf dich gewartet hat, ist startbereit, und du kannst dich auf seinen Rücken setzen. Er hebt ab, um dich nach Hause zu bringen. Hier angekommen, verabschiedet sich auch dein Drachenfreund wieder von dir, um seinerseits dorthin zurückzukehren, woher er gekommen ist.

Wenn du möchtest, dann spüre der Begegnung mit den Tieren nach. Erinnere dich an ihre Botschaften und an ihre Geschenke. Abschließend erde und zentriere dich auf deine eigene Art und Weise vollkommen im Hier und Jetzt.

Die Liebe zur geistigen Welt
und die Drachenbotschaft dazu

Auch die Kommunikation mit der geistigen Welt wird durch die Art und Weise, wie ich mir selbst, anderen Menschen, den Tieren und Pflanzen begegne, beeinflusst. Meine Gedanken, meine Gefühle unterstützen oder hindern die Verbindung zu den feinstofflichen Welten. Jeder Impuls, jede Energie, jedes Wort, das ich von den feinstofflichen Geschwistern empfange, wird durch meinen persönlichen Filter der Erfahrungen und Überzeugungen gefärbt, und den hat jeder Mensch, der im Moment hier auf der Erde inkarniert ist.

Wenn du ein offenes Bewusstsein hast, werden deine Botschaften weit sein, wenn du sehr enge, strenge Richtlinien für dich als stimmig betrachtest, werden sich die empfangenen Informationen dem anpassen. Ohne mich jetzt „arbeitslos" machen zu wollen, glaube ich, dass die Zeit, in der man seine Fragen einer äußeren Wesenheit vorlegt, auslaufen wird. Immer mehr werden die Menschen beginnen, sich selbst die Antworten zu geben. Viele glauben noch, dass ihnen die geistige Welt sagen kann, wo es langgeht. Das ist nicht wirklich so. Für mich ist Channeling ein Gespräch mit der geistigen Welt, wie ein Treffen mit einem guten Freund. Da er meine Situation von einem anderen Blickwinkel aus betrachten kann, höre ich ihm zu. Das, was ich als Anregung empfinde, setze ich um und integriere es in mein Leben, das andere lasse ich als seine

Sicht der Dinge stehen und fokussiere mich auf meine innere Wahrheit, der ich folge.

In der Kommunikation mit der geistigen Welt geht es um Erweiterung für beide Seiten, um eine gleichberechtigte Zusammenarbeit, nicht um ein hierarchisches System.

Im Moment ist die Nachfrage nach Channelausbildungen sehr groß. Für mich ist es dabei wichtig, die Menschen zu ermutigen, den Kontakt mit ihrer eigenen Seele, ihrem eigenen Herzen auszubauen und ihm zu folgen. Denn es ist wichtig, und an dieser Stelle wiederhole ich mich, deine eigene Wahrheit zu erkennen und diese zu leben! – egal, was andere, und seien es auch noch so feinstoffliche Wesen, dazu sagen. Die geistige Welt betont immer wieder, dass sie unsere Geschwister, also auch sie Teile von uns und wir von ihnen sind, und es auch zwischen ihnen und uns keine Trennung gibt.

Wenn du Botschaften aus der geistigen Welt vernimmst, dann prüfe sie immer mit deinem Herzen, ob sie im Moment für dich stimmig sind. Das heißt nicht, dass sie nicht „gut" oder nicht „richtig" sind, sondern nur, dass sie für dich in *diesem Augenblick* nicht passend sind. Ich erlebe so viele Menschen, die voller missverstandener Demut den geistigen Welten begegnen. Dabei setzen sie ihr eigenes Licht unter den bekannten Scheffel und heben die feinstofflichen Begleiter auf irgendwelche Podeste.

Mensch zu sein, ist nichts Schlechtes. Wir sind weder eine unterentwickelte Rasse, noch ist es eine Strafe, ein menschliches Wesen zu sein. Diese Erde ist ein Heilungsplanet für das gesamte Universum. Die geistige Welt betont immer wieder in Seminaren und Einzelsitzungen, dass es nicht um die Worte geht, die sie vermitteln, denn das sind nur Hülsen, sondern um die Energie, die sie uns zur Verfügung stellen möchten, damit wir uns selbst leichter erkennen können. In vielen Seminaren, die ich selbst gebe oder an denen ich teilnehme, ist es üblich geworden, die Channelings aufzunehmen. Doch welche Krise entsteht manchmal, wenn eine Aufnahme nicht funktioniert hat oder wenn ein Wort nicht verstanden worden ist, weil ein anwesendes Kind plapperte. Dabei ist es so unwichtig. Es geht darum, das Herz zu öffnen und damit zu hören, die Botschaft dort hineinfließen zu lassen. So einfach ist die Kommunikation mit der geistigen Welt.

Und sie wünscht sich auch vermehrt, dass wir Antworten durch unsere Taten, durch das Verstehen, durch die Veränderungen in unseren alltäglichen Begegnungen geben. Um dich mit der geistigen Welt zu unterhalten, brauchst du keine Fastenkuren zur Reinigung machen, und du brauchst auch nicht bestimmte Farben meiden oder bevorzugen, um bereit dafür zu sein. Ich benötige keinen „heiligen" Raum dafür. Natürlich habe ich Vorlieben, doch ich bin nicht von ihnen abhängig. Das entspricht halt meiner Art der Kommunikation mit der geistigen Welt, und Menschen, die das auch gerne mögen, fühlen sich bei mir wohl. Andere machen es anders, das ist ihr gutes Recht, und sie finden Menschen, die zu ihnen passen. Es gibt kein Richtig und Falsch in diesem Falle.

Spiritualität bringt dich auch nicht aus dem Leben heraus, sondern ins Leben hinein. Ich kenne viele spirituelle

Menschen und die meisten von ihnen sind vollkommen „normal". So wie ich auch, wir sind absolut menschlich. Also gibt es keinen Grund für dich, zu glauben, dass ausgerechnet bei dir die Kommunikation mit deinen feinstofflichen Geschwistern nicht klappen sollte.

Traurig macht mich manchmal, wenn ich sehe, höre oder erlebe, wie Menschen in sogenannten spirituellen Kreisen miteinander umgehen. So viel Bewertung!

Es gibt eben verschiedene Möglichkeiten, Brücken in andere Dimensionen zu bauen. Jeder Mensch hat die Wahl, ob und mit wem er ein Stück seines Weges gehen möchte. Letztendlich dient jeder von uns und alles dem großen Ganzen, genau auf die Art und Weise, wie es sein soll.

Und das ist die Botschaft der Drachenwesen:

Seid gegrüßt, geliebte Geschwister aus den Weiten dieses Alls. Alles ist eins, das wisst ihr. Doch nun erlaubt euch, dieses auch im Zusammenhang mit euren feinstofflichen Geschwistern wahrzunehmen. Es geht in der Kommunikation und in der Begegnung mit uns nicht darum, dass wir weiter entwickelt wären als ihr und ihr uns deshalb verehren müsstet. In vielen Kulturen habt ihr Sternenwesen zu Göttern erhoben. Doch darum geht es nicht mehr. Wenn ihr erkennt, dass ihr das Feuer des Lebens, das Feuer des Erschaffens in euch tragt, wie jede Lebensform in diesem Universum, werdet ihr erkennen, dass wir alle Geschwister sind, nicht mehr und nicht weniger. Er-

laubt euch immer wieder, die Waage zu halten, und erkennt, dass es genauso wenig, wie es darum geht, jemanden zu erhöhen, es auch nicht darum geht, jemanden zu erniedrigen – unabhängig davon, aus welcher Spezies er ist. Auch ein Regenwurm ist göttliches Bewusstsein und dein Bruder und eine Vollkommenheit in sich, der wir dich bitten, in Liebe und Respekt zu begegnen.

Wir möchten dir gerne ein Bild geben: Du bist das Wesen, das die Waage in seiner Hand hält, du bist die Balance, und es ist deine Aufgabe, diese Waage im Gleichgewicht zu halten. Wenn du merkst, du stellst ein feinstoffliches oder grobstoffliches Wesen auf ein Podest, dann erinnere dich an die Waage und bringe sie innerlich ins Gleichgewicht. Wenn du merkst, du erniedrigst jemanden, eine Gattung zum Beispiel, dann bring deine Waage auch ins Gleichgewicht. Dieses Bild mag dir beim Erkennen behilflich sein. Du kannst es auch anwenden, wenn du andere kritisierst oder bewertest. Lass die Waage im Gleichgewicht sein und erkenne, dass du, die bzw. der du die Waage hältst, jenseits der Wertung bist.

Dieses ist Erana. Ich bin ein Drachenwesen, das lange auf der Erde war und sich dann in das Sternbild des Drachen zurückgezogen hatte. Jetzt ist die Zeit reif, um uns erneut zu begegnen, und ich rufe die alten Mysterienschulen in euch wach, die einst mit dem Drachenkult und dem Paganismus in Verbindung standen. Denn auch das ist wichtig, wenn ihr von geistiger Welt sprecht. Eure eigenen geistigen Wurzeln zu entfalten bzw. wieder zu entdecken. Lasst die Freundschaft zwischen uns neu erblühen. Die

Erinnerung an die Kraft, an die Verbindung zu den Sternen, an die Verbundenheit mit Gaia und den Naturwesen, den Drachenpfaden, die ihr gewandelt seid, um Himmel und Erde miteinander zu verbinden und die Kommunikation zwischen den Welten fließen zu lassen. Erwacht und schließt den Kreis. Ihr seid geistiges Bewusstsein, erhebt euch wieder in eure Priesterschaften, nicht um zu trennen, sondern um zu vereinen. Die Kraft dient nicht mehr dazu, das Wissen zu hüten im Verborgenen, sondern es mit allen zu teilen. Seid gesegnet, geliebte Kinder des Drachen.

Sein lassen

Und noch einmal möchte ich mit dir eintauchen in die Energie der Liebe und in das Erkennen und Begreifen ihres Wesens. Wenn wir etwas erleben, das nicht so zu sein scheint, wie wir uns das gerne wünschen, möchten wir es am liebsten sofort verändern. Doch bevor sich etwas ändern kann, „darf" ich es annehmen, so wie es ist. So heißt Liebe oft auch, nichts verändern zu wollen. Und dadurch verändert es sich von selbst in eine Art und Weise, wie es meiner Seele entspricht. Das bedeutet nicht, dass ich dadurch Leid erfahren und erdulden, ausharren und passiv auf bessere Zeiten warten muss.

Im Gegenteil! Denn Schmerz kann eigentlich nur dort entstehen, wo Nicht-Annahme ist.

Ich weiß, annehmen klingt so leicht, und wir glauben immer wieder, wir tun es, doch für mich hat es verschiedene Schichten. Annehmen bedeutet für mich, eins zu werden mit der Energie und dem Thema, und das geht bei mir zum Beispiel in Wellen. Im Moment der Annahme will „ich" nicht mehr verändern. Doch wer ist dieses „ich"? In diesem Fall ist nicht meine göttliche Führung gemeint, meine Mitschöpferkraft, sondern mein Ego. Es ist im Augenblick der Annahme eins mit meiner Essenz geworden. Das Ego ist für mich nicht schlecht, sondern es geht mir vielmehr um das Erkennen, wann bin ich eins mit mir selbst und wann lebe ich Ego, also Trennung. Das ist wiederum nur ein anderes Bild für die Erkenntnis, wann ich innerhalb der Matrix bin und wann außerhalb, denn aus der Erkenntnis beginnt für mich die Veränderung von selbst.

Zum spirituellen Sein gehört für mich, wie ich schon sagte, dass ich so sein darf, wie ich bin. Das heißt, ob ich fröhlich bin oder mich auch einmal traurig fühle, ich bin dennoch immer die gleiche Essenz, göttliches Bewusstsein. Das scheint bzw. durchdringt alle vordergründigen Emotionen, Gedanken und physischen Disharmonien. Wir glauben noch viel zu sehr, dass wir als spirituelle Wesen immer lächeln müssen. Was für ein Stress. Ich kenne das aus eigener Erfahrung, doch ich habe ihn abgelegt. Die Menschen glauben manchmal, dass ich aufgrund meiner „Arbeit" nie traurig, wütend, verletzt sein sollte oder dürfte oder könnte. Natürlich darf ich, kann ich und bin auch ich das. Alles darf ich sein, und alles ist so, wie es ist. Das ist für mich auch Annahme.

Ich bin nicht immer nur freundlich. Ich kann auch ganz schön zickig sein. Und das ist ok so. Indem ich es mir erlaube, ist es wie eine Welle, die vorüberzieht. Wenn ich versuche, es nicht zu sein, verdränge ich es, und irgendwo bahnt sich die Energie einen eigenen Weg, den ich nicht kontrollieren kann.

Mitschöpfersein ist für mich auch der bewusste Umgang mit all meinen Energien. Die Zeit der Manifestationen hat sich verkürzt, und es ist wichtig, sich genau zu überlegen, was man möchte. Da wären wir wieder bei den Kompromissen, die ich früher schon einmal erwähnte. In Situationen, die auf den ersten Blick nicht sehr angenehm erscheinen, fragen die Menschen nach wie vor sehr gerne:

„Warum ich? Warum geschieht das ausgerechnet mir?"

Meine Freundin Christina sagt daraufhin häufig: „Warum nicht du?"

Das gefällt mir. Unser Leben und all das, was wir dabei erfahren, hat so viele Hintergründe, viele Schichten und unterschiedliche Zusammenhänge innerhalb des gesamten Kosmos. Das zu erkennen, Schritt für Schritt, ist immer wieder die Aufforderung der geistigen Welt und der Sternengeschwister in dieser Zeit.

Ein Freund erzählte mir von einem Klienten, der lange Zeit schon unter einer sehr schmerzhaften und hartnäckigen Hauterkrankung litt. Nichts hatte bisher geholfen. Die geistige Welt erklärte ihm, dass er eine sehr gute Verbindung zu Naturwesenheiten hätte, und in der Zusammenarbeit mit ihnen würde er durch seine Disharmonie eine Umweltkatastrophe in einem anderen Teil der Erde verhindern. In ein paar Monaten wäre der Dienst vollendet und die Heilung der Hautproblematik würde möglich sein.

Sein lassen, annehmen hat für mich viel mit Hingabe zu tun. Mit Hingabe an meine Seele und an das Leben und die Schöpfung ganz allgemein. Wenn ich etwas wirklich angenommen habe, besteht auch meistens kein Grund mehr, darüber zu sprechen. Das kannst du sehr gut an dir selbst beobachten. Wenn du deinen Freunden oder den Menschen immer noch erzählst, dass dir die Gemüsefrau zu wenig Wechselgeld herausgegeben hat, dass sich dein Partner, deine Partnerin zwar bemüht, dir aber dennoch das falsche Geschenk zu Weihnachten ausgesucht hat, kannst du dir sicher sein, dass du es noch nicht angenommen hast, denn sonst wäre es kein Thema mehr für dich.

Das Gleiche gilt natürlich auch für deine Gedanken. Auch in der Art und Weise, was und wie du denkst, erkennst du, was dich bewegt und in welchen Bereichen deines Lebens du Erfahrungen hast, die du noch nicht angenommen hast. Und wenn du das entdeckst, ist es wichtig, „Aha!" zu sagen. Nicht mehr, und nicht weniger. Du bist deshalb nicht weniger vollkommen oder liebenswert. Du musst nichts tun, sondern auch diese Erkenntnis wiederum einfach sein lassen. Liebe ist Durchdringung, absolutes Einverstandensein. Dadurch geschieht Veränderung. Einfach so. Das ist die Heilung der Dualität für mich.

Nach wie vor gibt es in Seminaren und Schulungen viele Anregungen aus der geistigen Welt, zum Beispiel in Form von Übungen und Meditationen. Auch in diesem Buch findest du ja einige. Doch in dieser Zeit ist es nicht mehr so wichtig, sie zu praktizieren bzw. werden wir es immer weniger tun. Es gibt nichts mehr zu tun, um etwas zu erreichen. Während du die Zeilen liest, während du einer Botschaft der geistigen Welt zu hörst, *ist* es bereits. Es ist schon geschehen in dem Moment, in dem du etwas wahrnimmst. Verstehst du, was ich meine?

Wir haben gar nicht die lineare Zeit, all das umzusetzen, was uns gesagt wird. Und es ist auch nicht mehr nötig, denn in dem Augenblick, in dem die geistige Welt zum Beispiel etwas sagt, bist du das, was sie formuliert, was sie anregt: Du *bist* die Übung, du *bist* der Kristall, du *bist* die Heilung, du bist die Quelle, du *bist* die Einheit. Und da deine göttliche Essenz außerhalb von Zeit und Raum existiert, bist du das, was sie formuliert, was sie anregt, die Übung, der Kristall, die Heilung, die Quelle, die Einheit, immer und jederzeit. Einfach so, ganz von selbst, weil du bist.

Noch einmal ein Drache der Weisheit

Ich bin ein goldener Drache der Weisheit. Erwacht aus einem langen Schlaf. Ich bin gekommen aus dem Tempel von Mu, dem Teil von Lemurien, der in eine ätherische E-bene überwechselte, als der eine Kontinent einst in viele Stücke zerbrach. Weisheit hat nichts mit mentalem Wissen zu tun, sondern ist das Erfahren, das Erleben deiner Ich-Bin-Gegenwart. Erlaube dir, darin einzutauchen, und du wirst meine Worte verstehen.

In diesem Bewusstsein bist du dir der Einheit mit allem bewusst, voller Mitgefühl und Liebe kannst du allem und jedem begegnen. Du hast Zugang zu den tiefsten Erkenntnissen und Wissensspeichern in diesem Universum, denn sie sind nicht irgendwo außerhalb, sondern in deinem Herzen, und die Liebe, die du bist, hat immer die richtige Antwort. Ja, das ist so. Lange Zeit habe ich geschlafen, und die Menschen machten in dieser Zeit eine Entwicklung durch, in der sie sich in einer Dunkelheit bewegten und darin herumirrten. Doch jetzt findet eine Öffnung statt, und deshalb geschieht mein Erwachen, das Erwachen des Drachen, gleichzeitig mit dem Erwachen der Menschheit.

Durch unsere erneute Freundschaft ist es möglich, die Energien von Mutter Erde neu fließen zu lassen, die Kraftorte dieser Erde neu auszurichten. Gaia und alle ihre Wesen können so erneut aufgenommen werden in den kosmischen Bund. Die Zeit des Alleinseins ist für die Menschen vorüber. Neue Gemeinschaften, neue Formen des

Zusammenlebens werden in den nächsten Jahren entstehen. Die Sehnsucht der Menschen danach ist groß, weil sie wissen, dass dieses bereits gelebt wurde, und es ist die Sehnsucht nach einer Zeit, die bereits war und wieder sein wird. Durch die Energie der Drachen findet eine Rückerinnerung statt. Ein Erwachen der Kräfte, gleich dem Frühling, in dem alles aus der Erde sprießt.

So geht hinaus und kommuniziert, mit euch, mit eurem Herzen, mit der Natur, mit den feinstofflichen Ebenen. Seid euer Herz. Seid die Liebe, die darin ist. Das ist Weisheit. Und ich sende aus goldenes Licht als leuchtende Strahlen meines Schuppenkleides. Und ich tanze in den Himmeln vor Freude. Seht meinen Tanz! Ich tanze ihn für euch. Nicht mehr lange wird es dauern, und wir werden ihn wieder gemeinsam tanzen. Seid gegrüßt, geliebte Geschwister der Menschheit, die ihr mir und uns seid.

Zusammenfassung der Drachenenergien und ihrer Geschenke

In diesem Kapitel möchte ich die einzelnen Drachenwesen nochmals vorstellen, sowie ihre Qualitäten und Eigenschaften, die du für dich nutzen kannst. Grundsätzlich helfen dir die Drachenenergien, um deine Wurzeln zu stärken, um deine Kraft zu entdecken, um deine weiblichen Energien zu aktivieren und mit deinen männlichen in Harmonie zu bringen, als auch Himmel und Erde in dir zu vereinen. Sie lehren dich Weisheit, Füllebewusstsein und sind dir treue Freunde, wenn du möchtest.

Für den Kontakt zu ihnen ist es wichtig, immer wieder in dein Herz zu gehen, die Einheit, die du bist, wahrzunehmen, und dann rufe, den Drachen, den du möchtest, an deine Seite und warte auf seine Antwort. So einfach ist die Kommunikation mit ihnen.

In diesem Buch habe ich dir nun einige vorgestellt, doch es gibt natürlich noch viel mehr. Mit der Zeit wirst du noch andere kennen lernen, wenn du möchtest.

- Dein *persönlicher Drache* dient dir als Freund, als Begleiter, als Ratgeber. Er ist immer für dich da, wann immer du ihn brauchst, und so wirst du dich nie mehr allein fühlen müssen.
- Der *Drache Uluxus*, der aus den Sternen kommt, ist dein Vermittler. Wenn du neue Welten, neue Dimensionen bereisen oder kennen lernen möchtest, lade ihn ein, er wird dir den Weg weisen und die nötigen

Verbindungen herstellen. Gleichzeitig stellt er dir seine Feuerkraft zur Verfügung, um all deine Ängste zu transformieren und mutig deinen Weg zu gehen.

- Der *Drache der Erde* schenkt dir Kraft, Ausdauer, Frieden mit dir und der Materie. Er unterstützt dich bei der Umsetzung und der Manifestation deiner Projekte, Ideen und Impulse.

- Der *grüne Drache der Heilung* lehrt dich, deinen Mangel in Fülle und Wohlstand zu verwandeln und dieses in allem, was ist, zu erkennen. Er stellt dir seine Energie auch bei jeglicher Harmonisierung deines Herzens zur Verfügung, egal ob das auf der physischen oder emotionalen Ebene ist.

- Der *Drache des Feuersees* lehrt dich, Menschen und Situationen von anderen Blickwinkeln aus zu betrachten und erweitert so deine Sicht in allen Bereichen deines Lebens. Er hilft dir zum Beispiel, Dinge aus einem holistischeren Standpunkt aus zu erkennen. Er möchte dir zeigen, dass du ein Kind der Erde und der Sterne bist. Wenn du Visionen brauchst oder deine Hellsicht erweitern möchtest, bitte ihn um Unterstützung.

- Der *gelbe Drache Ling Ling* erinnert dich, dass ein wesentlicher Aspekt der Weisheit die Fähigkeit ist, über sich selbst zu lachen. Wenn du das Leben zu ernst nimmst bzw. es als ernst erlebst und du (scheinbar) wenig zu lachen hast, rufe ihn an deine Seite.

- Der *Drache des Feuers* möchte dir zeigen, was Christuspräsenz ist und wie du deine Mitschöpferkraft annehmen und leben kannst.
- Der *Drache des Wassers* zeigt dir, was es bedeutet, im Fluss zu sein und was Hingabe, Weite und Empfangsbereitschaft sind. Wenn du dich eingesperrt fühlst, wenn du glaubst, dass du dich in einer erstarrten Lebenssituation befindest, lade ihn ein und kommuniziere mit ihm, damit Bewegung in dir und in deinem Leben Raum nehmen kann.
- Der *weiße Drache* schenkt dir Klarheit, Weite und Erkenntnis. Er beflügelt deinen Geist, damit du in zielgerichteten Schritten dein Ziel erreichen kannst. Er lehrt dich, dich über die Dinge, Situationen zu erheben und „flexibel" zu sein.
- Ein weiterer *Drache der Erde* hat sich dir vorgestellt, um dir seine Kraft zur Verfügung zu stellen. Er möchte dir zeigen, dass es wichtig ist, deine inneren und äußeren Grenzen und Mauern fallen zu lassen, damit Kommunikation und Begegnung mit dir und anderen stattfinden kann.
- Der *Drache Axalonius* bringt das Element Luft mit und Freiheit. Er zeigt dir, wie du dich auf jeden Menschen, auf jedes Wesen und jede Situation einstellen kannst, damit Kommunikation und Begegnung stattfinden können und die Energie der Verbundenheit erfahrbar ist. (Mir fiel auf, dass die Drachenwesen, die ich treffe, gerne ein X in ihrem Namen tragen, und ich fragte nach dem Grund. Sie erklärten mir, das sei eine An-

spielung auf eine Durchsage, die uns die geistige Welt während unserer Reise in Toronto, die ich anfangs schon erwähnte, gab. Sie sagte, dass das Y-Chromosom „aussterben" würde. Der kosmische Mensch der neuen Zeit würde aus XX-Chromosomen bestehen, was allerdings nicht bedeuten sollte, dass es nur noch Frauen geben wird, sondern dass auf dieser „XX-Basis" weiterhin auch männliche Körper möglich wären. Ich habe noch keine Vorstellung davon, wie das aussehen könnte, wie sich das umsetzen wird. Doch ich finde es sehr spannend, und wir werden sehen, wie es sich entwickeln wird. Auf jeden Fall ist für mich die Wiedererweckung der Weiblichkeit wie ein Puzzleteil dabei.)

- Der *Drache Erana*, der jetzt im Sternbild des Drachen lebt, gab dir das Bild der Waage, das dich unterstützen kann, deine Energien und Kräfte im Gleichgewicht zu halten. Es dient dir, die Einheit und die Gleichberechtigung aller Wesen zu erkennen und zu erfahren. Keine Hierarchien mehr, denn sie haben im Geist der Neuen Zeit keinen Raum.

- Und abschließend bat dich *der goldene Drache der Weisheit* zu erkennen, dass ein weites, offenes Herz Weisheit ist. Dass dadurch Wissen und Liebe eins sind und daraus Mitgefühl für jedes Leben in diesem Universum erwächst. So sind Einverstandensein und Friede möglich. Diese Energie stellt er dir mit Freude zur Verfügung.

Drachennetz

Im Moment lehrt uns die geistige Welt viel über sechs Sternenrassen, die zu atlantischen Zeiten an der Erschaffung von menschlichen Körpern beteiligt waren. Das heißt, wir haben ihr Erbe in unserer DNS und sind ihre Kinder.

Für mich persönlich ist es nicht wichtig, ob du an außerirdische Rassen glaubst oder nicht. Für mich bedeutet das, dass wir mehr sind als das, was wir auf den ersten Blick sehen.

Zu dieser Überzeugung sind mittlerweile viele Menschen gekommen, auch jene, die mit Spiritualität in diesem Sinne nichts am Hut haben. (Wobei es in meiner Wahrnehmung keinen einzigen Menschen auf dieser Erde gibt, der nicht spirituell ist. Viele nennen es nur anders!) Und das ist es, was uns verbindet. Ich bezeichne es als das Erbe von Sternenrassen, das in uns ist. Doch du kannst es auch anders benennen.

Während ich dieses Buch schrieb, kam Michael Brecht, ein spiritueller Lehrer und lieber Freund, zu uns ins Zentrum. Die geistige Welt meldete sich über seinen Kanal und erzählte über die Verbindung der Drachenkräfte zu Avalon. Sie teilte uns mit, dass die Energie von Avalon neu erstrahlen sollte in der Gegend des Chiemsees.

In diesem Zusammenhang meldeten sich Drachenwesen und sagten, ihre Rasse würde Saphur heißen. Was ich ganz spannend und dabei total „logisch" empfand, war, dass es durch die Marienverehrungen, wie ich in einem früheren Kapitel schon erwähnte, eine ständige Verbindung zu ihnen gegeben hat. Wie gesagt, die Drachengeschwister stehen für die alte Zeit.

Wenn du dich an das Buch von Marion Zimmer-Bradley „Die Nebel von Avalon" erinnerst, steht in einem der letzten Kapitel, wie die Priesterin vom See erkennt, dass in einer Marienstatue, die der neue Glaube, das Christentum, verehrt, die Energie der Großen Göttin mitschwingt. Interessanterweise fand ich gleichzeitig in *Die geheimen Symbole der Frauen* von Barbara G. Walker, dass die Kirchenväter in den Anfängen des Christentums gegen die Marienverehrung wirkten. Als sie allerdings erkannten, wie tief die Verehrung von Maria in den Menschen verankert war, machten sie sie zur Königin des Himmels, um so ihre Energie und die der Menschen, die sie anbeteten, kontrollieren zu können.

Die Verbindung zu Maria und den heidnischen Wurzeln lässt sich auch an einigen Marienstatuen in Irland erkennen, wo sie dann ein Symbol auf ihrer Kleidung trägt, das eindeutig auf die Anwesenheit der Großen Mutter hinweist. Spannend finde ich auch, dass über Innsbruck bzw. Tirol ein ätherischer Marientempel ist, den viele mir bekannte Lichtarbeiter für Erdheilungen nutzen. Auch hier schließt sich der Kreis, da ich die meisten von ihnen aus den Zeiten von Avalon kenne.

Die Kinder des Drachen

Wenn die Drachenwesen eine Sternenrasse sind, die im Erbe unserer DNS ihre Spuren hinterlassen hat, sind wir alle Kinder des Drachen.

Für manche Menschen ist es nun an der Zeit, sich wieder daran zu erinnern. Sie haben die Möglichkeit, über diese Wesenheiten sich selbst zu entdecken. Für viele, für die dieser Weg stimmig ist, ist es die Aktivierung ihrer matriarchalen Wurzeln, die Wiedererweckung der Weiblichkeit, die sie in die Erkenntnis und in die Annahme der Einheit mit allem, was ist, bringen wird.

Am Ende dieses Buches möchte ich dich also nochmals an die Einheit mit der Drachenenergie in dir erinnern.

Erlaube es dir bitte noch einmal, es dir bequem zu machen, denn ich möchte mit dir auf die Reise gehen.

Setze oder lege dich entspannt hin. Atme ein und aus und spüre, wie dabei mehr und mehr Ruhe in dir Raum nimmt.

Nun gehe mit deiner Aufmerksamkeit in dein Herz. Alles, was du bist, ist hier, war hier und wird hier immer sein.

Nun tauche mit mir ein in das Bild eines Waldes. Rieche den Duft der Bäume, berühre mit deinen Händen ihre Rinde und spüre den Boden unter deinen Füßen. Nebelschleier durchweben ihn. Bleib stehen und erlaube dir, die Energie in dir aufzunehmen. Erinnere dich, wer du wirklich bist! Du bist ein Erdenkind und ein Sternenkind. Du bist göttliches Licht, Liebe ohne Anfang und ohne Ende.

In diesem Bewusstsein hebe nun deine Arme und lichte die Schleier des Nebels, so wie du es schon so oft gemacht hast. Und siehe da, er löst sich auf. Blicke dich nun um und erlaube dir, das, was du wahrnimmst, mit all deinen Sinnen zu erfahren.

Der Wald, der dich umgibt, ist immer noch ein Wald, und dennoch hat er sich verändert. Seine Kraft, seine Ausstrahlung, sein Leuchten hat sich verändert. Darin kannst du die Liebe erkennen, die er ist, die alles durchdringt und alles, einem Netz aus Licht gleich, miteinander verwebt. Die Vögel, die hier leben, singen ihr Lied, und du kannst es verstehen. Jeden Ton, jedes Wort. Und du nimmst wahr, dass sie gemeinsam mit den anderen Tieren des Waldes, mit den Ameisen, die emsig ihren Weg laufen, mit den Insekten und Käfern, mit den Hasen und Rehen kommunizieren und eine Einheit, eine göttliche Symphonie bilden.

Erlaube dir zu erkennen, dass du nicht alleine bist, sondern auch andere Menschen mit dir in diesem Wald sind. Ihr seid miteinander in Verbindung, und dennoch kannst du vollkommen du sein. Atme und erlaube dir, dass diese Essenz in dir wirken darf.

Nun erlaube dir, einen Weg zu erkennen, der sich vor dir ausbreitet. Gehe diesen Weg. Es ist dein Weg. Nur du kannst ihn gehen. Nur du kannst ihn auf die Art und Weise gehen, wie du es nun tust. Er ist einzigartig und einmalig, so wie du. Und er führt ich jetzt zu einer Lichtung, und du kommst dort an.

Sanft scheint die Sonne und berührt dein Herz. Es wird

ganz warm, weit und offen. Und du erlaubst dir, wieder tief ein- und auszuatmen.

In der Mitte dieser Lichtung bleibst du stehen und hebst deinen Blick zum Himmel. Du siehst, wie sich ein Drachenwesen von dort hernieder senkt, direkt zu dir, vor deine Füße. Es landet vor dir. Erkenne es. Erlaube dir, es genau zu betrachten, seine Augen, seine Haut, seine Farbe, seine Größe, seine Energie. Nun erlaube dir, es zu berühren. Schau ihm in die Augen. Es sind deine Augen. Fühle seine Haut. Es ist deine Haut. Höre seinen Atem. Es ist dein Atem. Erblicke sein Herz. Es ist dein Herz!

Und nun erlaube dir, wahrzunehmen, wie eure Energien begonnen haben, sich zu vereinen, und wie ihr zu einem Sein werdet. Die Drachenkraft durchströmt deine Körper. Sie pulsiert und durchdringt dich. Sie weitet dich und macht dich lebendig. Sie spendet dir Trost, schenkt dir Hoffnung und gibt dir Mut. Sie macht dich klar und selbstsicher. Das Blut, das durch deine Adern rinnt, ist das Blut der Drachen. Voller Weisheit, voller Liebe, voller Wissen, voller Geheimnisse des Lebens, die sich dir nun offenbaren. Dein Herz ist größer geworden in deiner Wahrnehmung, denn es ist das Drachenherz, das von nun an in dir schlägt. Es ist voller Frieden, Einverstandensein und Annahme, voller Hingabe an die Kraft des Lebens.

„Ich will dem Leben dienen!" ist seine Botschaft, die es mit jedem Herzschlag, jeder Zelle deines Seins signalisiert. Und die Energie und die Entscheidung „Ich will dem Leben dienen!" strahlt auf deine DNS aus, die sich gleich einer Blüte zu öffnen beginnt. Der Rhythmus von „Ich will dem

Leben dienen!" erfüllt auch deine Gehirnstruktur, deren Fähigkeiten sich ebenso wie in dem Bild der sich öffnenden Blüte aktivieren. Soviel Potenzial, das in dir ist und das du bis jetzt noch nicht genutzt hast.

Der Weg des Drachen ist der Weg, dieses Potenzial zu entdecken, mehr noch, es zu leben. Ein Kind des Drachen zu sein heißt, es zu leben und die Kraft der ewigen Erneuerung in dir zu nutzen für alle Wesen in diesem Universum, damit Leben in allen Dimensionen freud-, liebe- und friedvoll sein kann.

Du bist nun ein Kind des Drachen, und du gehst nun den Weg des Drachen. Und die Kraft der Großen Göttin, die in ihrem Ursprung vereint ist mit der Energie des Großen Gottes, segnet dich dabei allezeit.

Erlaube dir, der Drachenkraft in dir nachzuspüren. Erlaube dir, sie durch dich wirken zu lassen. Gib ihr die Möglichkeit, sich durch dich auszudrücken. Und dann kehre mit deiner Aufmerksamkeit ins Hier und Jetzt zurück und lebe deine Drachenenergie in deinem alltäglichen Sein.

Drachenkristalle

Das sind natürliche Citrinanhänger mit der Energie von Drachen gespeist. Wenn du diesen trägst, fördert er in dir dein Selbstvertrauen und deinen Mut, deine innere Weisheit zu erkennen und ihr zu folgen. Gleichzeitig verbindet er dich mit der Energie der Drachenwesen, die so als deine ständigen Begleiter an deiner Seite sind.

Drachencitrin-Anhänger

Handschmeichler, ca. 3 – 4 cm   € 11,00/Stück

Du kannst die Drachenkristalle gerne über folgende Adressen beziehen.

Für Deutschland:

Blaue Lichtburg
Seminare & Vertrieb
(Adresse siehe Seite 241)

Für Österreich:

Lichtgarten
Ava & Antan Minatti
(Adresse siehe Seite 241)

Quellenhinweise und Buchempfehlungen

Barbara Ardinger: *Meditieren mit der Göttin* (Smaragd Verlag)

Marion Zimmer-Bradley: *Die Nebel von Avalon* (Fischer Verlag)

Melissa Bonya: *Erotische Düfte und sinnliche Räucherungen* (Smaragd Verlag)

Melissa Bonya: *Schönheit aus der Hexenküche* (Smaragd Verlag)

Margit Burkhart: *Gewöhnen Sie sich das Altern ab!* (Herbig Verlag)

D. J. Conway: *Der Tanz mit dem Drachen* (Arun Verlag)

Elyah: *Die Legende von Mohja* (Lichtrad Verlag)

Gerhard Fasching und Ingrid Wertner: *Sterne, Götter, Mensch und Mythen* (Springer Verlag)

Dion Fortune: *Die Seepriesterin* (Smaragd Verlag)

Luisa Francia: *Drachenzeit* (Frauenoffensive Verlag)

Luisa Francia: *Das Gras wachsen hören* (Nymphenburger Verlag)

Luisa Francia: *Mond-Tanz-Magie* (Frauenoffensive Verlag)

Luisa Francia: *Zaubergarn* (Frauenoffensive Verlag)

Josef Guter: *Drachen* (V. F. Sammler Verlag)

Louise Hay: *Deine innere Stimme* (Heyne Verlag)

Louise Hay: *Gesundheit für Körper und Seele* (Heyne)

Louise Hay: *Die Kraft einer Frau* (Heyne Verlag)

Isani & Janson: *Ein Fest der Sinne* (Smaragd Verlag)

Olga Kharitidi: *Das weiße Land der Seele* (Lübbe Verlag)

Amelia Kinkade: *Tierisch gute Gespräche* (Reichel Verlag)

Heinz Körner: *Johannes* (Lucy Körner Verlag)

Christine Li und Ulja Krautwald: *Der Weg der Kaiserin* (Scherz Verlag)

Marcia Zina Mager: *Das Feengeschenk*, Buch und Karten (Ansata Verlag)

Antan Minatti: *Kiria Deva und das Kristallwissen von Atlantis* (Smaragd Verlag)

Antan Minatti: *Kiria Deva und Elyah, Kristallwissen – Der Schlüssel von Atlantis* (Smaragd Verlag)

Ava Minatti: *Die Kinder der Neuen Zeit* (Smaragd Verlag)

Ava Minatti: *Die Heilung des Inneren Kindes* (Smaragd Verlag)

Ava Minatti: *Elfen, Feen und Zwerge* (Smaragd Verlag)

Patricia Monaghan: *Mein magischer Garten* (Smaragd)

Fiona Morgan: *Daughters of the Moon*, Tarot (Urania Verlag)

Karina Ramirez: *Stadthexen* (Smaragd Verlag)

Sanaya Roman: *Seelenliebe* (Ludwig Verlag)

Gregor Rottschalk: *Tabaluga – Kleiner Drache ganz groß* (Tandem Verlag)

Trixa: *Sternenwege* (Lichtrad Verlag)

Merilyn Tunneshende: *Der Geist der Regenbogenschlange* (Econ Verlag)

Adelheid Ohlig: *Luna-Yoga* (Goldmann Verlag)

Barbara G. Walker: *Die geheimen Symbole der Frauen* (Sphinx beim Heyne Verlag)

Filme die erwähnt wurden: *Mein Freund Harvey, Matrix, Dragonheart*

Kontaktadressen

Blaue Lichtburg
Leben in Licht und Liebe
In der Steubach 1
D-57614 Woldert
Tel.: 02684.978 808
Fax: 02684.978 805
info@blaue-lichtburg.de
www.blaue-lichtburg.de

AVA und ANTAN
Lichtgarten, Dr. Glatz Str. 27, A-6020 Innsbruck
Telefon/Fax: 0043.512.361985
E-mail: office@lichtgarten.com
http://www.lichtgarten.com

Michael Brecht
Mönchsfeldstraße 67, D-70435 Stuttgart
Tel.: 0711.81041878
Fax: 0711.81041877
andrea@elyah.net

Awara Werkstatt für bewusstes Sein,
Trixa Gruber
Lina Kromer Str. 4, D-79379 Müllheim
Telefon/Fax: 07631.10875
awara@bewusstesSein.net
www.bewusstesSein.net

Ava Minatti

Heilung für das Innere Kind

192 Seiten, broschiert, ISBN 3-934254-37-3

Das heile, Innere Kind ist ein Teil in uns, der voller Lebensfreude, Neugierde, Vertrauen und Liebe ist. Wurde es verletzt, agieren wir nicht mehr frei, sondern reagieren ängstlich, trotzig wütend oder traurig. So finden sich in diesem Buch zahlreiche Botschaften, Anregungen und Übungen aus der geistigen Welt, wie Sie sich von der Identifikation mit Ihren schmerzhaften Erfahrungen lösen und sich auf Ihr heiles Inneres Kindsein einlassen können.

Ava Minatti

Die Kinder der Neuen Zeit – Strahlende Funken des Lichts

196 Seiten, broschiert, ISBN 3-934254-23-3

Immer mehr Kinder werden weltweit geboren, die bereits mit einem neuen Bewusstsein zur Welt kommen und somit Verhaltensweisen an den Tag legen, die „anders" sind. Ava Minatti, selbst Mutter von zwei "neuen" Kindern, erzählt von ihren persönlichen Erfahrungen in der Schwangerschaft, bei der Geburt und im Alltag mit diesen Kindern und bietet viele praktische Anregungen, Übungen und Meditationen. Mit Botschaften aus der geistigen Welt, u.a. von Engeln und des Aufgestiegenen Meisters Hilarion.

Ava Minatti

Elfen, Feen und Zwerge - Vom Umgang mit der Anderswelt

144 Seiten, broschiert, ISBN 3-934254-45-4

Ava Minatti schildert ihre Begegnungen mit der Fee Irina und weiteren Wesen aus der Anderswelt, die uns Menschen daran erinnern, wie wichtig es ist, wieder phantastisch und phantasievoll zu sein, um so unsere Schöpfungsmacht erneut nutzen und leben zu können. Irina spricht davon, dass die Zeit des Erwachens beider Reiche, der Menschen wie der Naturgeister, gekommen ist, was zu einer fließenden Kommunikation mit der Anderswelt und einem Sichtbarwerden der feinstofflichen Wesen für jeden Menschen führen wird.

Ein Kapitel ist der sagenumwobenen Insel Avalon gewidmet, in dem Merlin und Morgana le Fay selbst zu Wort kommen.

Dieses Buch richtet sich an alle Menschen, die ihren Umgang mit dem Feen- und Zwergenreich vertiefen möchten, als auch an jene, die an einem achtsameren und bewussteren Umgang mit Menschen, Tieren, Pflanzen und feinstofflichen Wesen interessiert sind.

Antan Minatti
Kiria Deva und das Kristallwissen von Atlantis

160 Seiten broschiert, ISBN 3-934254-34-9

Kiria Deva, eine Kristallwesenheit, hat sich bereit erklärt, die schwere Bürde des Machtmissbrauchs und Untergangs, die auf dem Begriff Atlantis liegt, mit ihrer Schwingung zu heilen. Dieses Buch richtet sich daher an alle, die sich auf dem Weg des Heilwerdens befinden und bei der Mitgestaltung des Neuen Zeitalters aktiv mithelfen wollen. Viele einfache Übungen und Anregungen begleiten uns mit gechannelten Texten und Informationen zu Kristallen, fünfdimensionalen Farben und anderen Themen und helfen uns, Verbindungen und Heilung herzustellen mit Teilen unseres Selbst, mit dem Reich der Pflanzen und Tiere, dem Reich des Blauen Volkes, mit Wesen der Inneren Erde und dem Bewusstsein von Mutter Gaia.

Antan Minatti
Kristallwissen - Der Schlüssel von Atlantis

296 Seiten, A5, broschiert, ISBN 3-934254-62-4

Die eigentlichen Autoren dieses Buches sind die atlantische Kristallwesenheit Kiria Deva und Elyah, eine Wesenheit von kassiopeia. Sie führen uns zurück nach Atlantis und möchten unsere Erinnerung an das Bewusstsein dieser Zeit, an Verbindungen zu Sternenenergien und noch vieles mehr wecken und zeigen uns die Illusion der Dritten Dimension, beschreiben, wie und warum sie errichtet und erhalten wird, und geben Hilfestellung, diese zu erkennen und zu durchlichten. Viele Zusammenhänge zwischen Körper-ebenen und den feinstofflichen Ebenen unseres Seins werden erklärt und in Beziehung zu den Kristallschichten, den Turmalinebenen und den Transpondern gbracht. Es ist die Fortführung und Erweiterung von *Kiria Deva und das Kristallwissen von Atlantis*, und dennoch erst der Beginn einer Reise in unsere Vergangenheit und Zukunft.

Manuela Torelli
SANANDA
Maria Magdalena – Meine große Liebe

144 Seiten, A5, broschiert, ISBN 3-934254-69-1

Sananda spricht in berührenden Worten und einer wunderschönen, etwas altertümlichen Sprache von seinem Leben in Atlantis und zu späterer Zeit als Jesus Christus, aber v.a. von seiner großen Liebe, die in beiden Inkarnationen nicht gelebt werden konnte/durfte. Mit großer Zuneigung, die in jeder Zeile zu spüren ist, erzählt er von Maria Magdalena, die als Seelenaspekt der Aufgestiegenen Meisterin Lady Nada unter uns weilt, und ihrer wichtigen Aufgabe, die sie noch zu erledigen hat, bevor sie den endgültigen Aufstieg in die Einheit machen darf.

Bernhard Hunziker

Erwachen zum Kosmischen Menschen
Botschaften von Helios

192 Seiten, A5, broschiert, ISBN 3-934254-65-9

Die von der Solaren Einheit (Energie/Bewusstsein der Zentral-sonne, Heimat von Helios), durchgegebenen Botschaften möchten die Menschen aktivieren und unterstützen, sich zu öffnen und in die Einheit mit der göttlichen Quelle zu begeben. In den Texten und den sehr tief gehenden energetischen Übungen zur Öffnung der Zwölf-Strang-DNS wird Bewusstsein vermittelt, das uns auf den Weg des Einswerdens führt, und so kann in Leichtigkeit und Freude die eigene göttliche Quelle entdeckt werden, die jeder Mensch in sich trägt. U.a. mit Durchsagen des Aufgestiegenen Meisters Hilarion, der Og Min, einer Sternenrasse, und anderen geistigen Wesen. Ein wichtiges Buch in dieser Zeit des Wandels!
„Das Einssein mit der eigenen Göttlichkeit macht den Menschen zum Kosmischen Menschen"

Ines Witte-Henriksen

St. Germain –
Die Violette Flamme der Transformation

144 Seiten, broschiert, ISBN 3-934254-58-6

St. Germain führt uns in die Arbeit mit der Violetten Flamme ein, damit wir dieses kraftvolle Instrument der Transformation für uns und andere im Alltag nutzen können. Hilarion vermittelt Wissen über die grüne Heilflamme. Seine Heilmeditationen im grünen Strahl bestärken uns darin, uns für die eigene Wahrheit zu öffnen und unseren inneren Bildern und Wahrnehmungen zu vertrauen. Das Innere Kind erfährt Heilung durch das Mitgefühl der Aufgestiegenen Meisterin Kwan Yin und die bedingungs-lose Liebe der Delfine. Die Hilfe der Aufgestiegenen Meister wird durch dieses Buch für jeden praktisch erfahrbar.

Julia V. Alefelder

Das alte Wissen der Kristalle -
Die Brücke zu 55 Edelsteinen

164 Seiten, broschiert, ISBN 3-934254-59-4

Für Julia V. Alefelder sind Kristalle eine Brücke zur geistigen Welt, über die sie Botschaften unserer Brüder und Schwestern von der „anderen" Seite des Vorhangs erhält. Und so ist aus ihrer innigen Liebe zu den Kristallen ein sehr berührendes Buch mit tiefen Weisheiten und Wahrheiten entstanden, denen sich niemand entziehen kann. Der Weg über die Regenbogenbrücke ins Licht ist immer offen. Es liegt nur an uns, ob wir ihn beschreiten möchten.

Barbara Vödisch

Sananda – die Neue Zeit ist jetzt

192 Seiten, broschiert, ISBN 3-934254-44-6

Sananda (auf Erden als Jesus Christus bekannt) gibt uns hier für diese Zeit großer Turbulenzen und Herausforderungen im Privaten wie im Weltpolitischen wichtige Hinweise, u.a. auch zum 11. September, zu Macht und Machtmissbrauch, zu den Indigo-Kindern sowie zu Ernährung und Krankheit. Er zeigt eindringlich auf, dass wir auf keine bessere Welt in der Zukunft warten sollen, sondern beschreibt, wie wir hier und jetzt wahren Frieden, die Vollendung finden können, mit Segenssprüchen, Gebeten, Meditationen und Affirmationen sowie zahlreichen praktischen Tipps.

Claire Avalon

Wesen und Wirken der Weißen Bruderschaft

128 Seiten, DIN A 5, Softcover, ISBN 3-926374-90-X

*„Wie wir wurden, was wir sind –
Und wie wir werden dürfen, um zu sein."*
Die Autorin vermittelt in einfacher und klarer Sprache den Aufbau der Großen Weißen Bruderschaft, einer rein geistigen Hierarchie für unsere Erde, und geht dabei weit zurück bis zu den Ursprüngen unseres Seins. Außerdem weisen die Aufgestiegenen Meister und Weltenlehrer, wie Jesus, Helios, Kuthumi, Maha Cohan, Maitreya, Sanat Kumara, anhand gechannelter Texte den Weg zurück ins Licht.

Claire Avalon

Die zwölf göttlichen Strahlen und die Priester aus Atlantis

384 Seiten, geb., ISBN 3-934254-12-8

Dieses umfangreiche, ausschließlich gechannelte Werk enthält hochinteressante Informationen über das Wirken der zwölf göttlichen Strahlen und macht uns mit dem neuen und doch alten Basiswissen aus Atlantis vertraut, das uns bisher nicht zur Verfügung stand. Wir lernen 84 atlantische Priester und Priesterinnen kennen, die von EL MORYA vorgestellt werden und dann selbst zu ihren speziellen Aufgaben sprechen. Ein wichtiges Buch, das auch viele Therapeuten, Heilpraktiker und Helfer der Menschheit erreichen möchte.